EL BURLADOR DE SEVILLA

TEATRO

TIRSO DE MOLINA

EL BURLADOR DE SEVILLA

Edición
Ignacio Arellano

COLECCIÓN AUSTRAL

Primera edición: 5-V-1939

Vigésima segunda edición: 2-I-1999

© *Espasa Calpe, S. A., 1939, 1989*

Diseño de cubierta: Tasmanias

Depósito legal: M. 45.584—1998

ISBN 84—239—1886—6

Impreso en España/Printed in Spain

Impresión: UNIGRAF, S. L.

ESPASA

Editorial Espasa Calpe, S. A.

Carretera de Irún, km 12,200. 28049 Madrid

ÍNDICE

EL BURLADOR DE SEVILLA Y CONVIDADO DE PIEDRA

INTRODUCCIÓN

Para mi suegro, Dionisio Torres, empeñoso transeúnte de las sendas literarias áureas, explorador pertinaz del vocablo acendrado y batallador incesable de la buena lengua que señoreó el manco de Lepanto.

El discreto lector tendrá en cuenta que la presente no pretende ser una edición crítica del BURLADOR DE SEVILLA. No hay lugar, por tanto, en estas páginas para las complejas discusiones textuales que de la existencia de la versión titulada *Tan largo me lo fiáis,* y las deturpaciones de la príncipe del BURLADOR podrían derivarse y que ya han producido numerosas aportaciones de la crítica. Aportaciones que, dicho sea de paso, también es imposible citar y comentar aquí. Lo mismo quiero apuntar respecto de las notas explicativas, que se han redactado sin hacer explícita la documentación justificativa ni acumular textos paralelos, etc., que sería lo corriente en una edición crítica. Más adelante indico con brevedad mis criterios editoriales y la procedencia del texto que ofrezco de la comedia.

Cuestión muy debatida en los últimos tiempos es la de la autoría, sobre todo en numerosos trabajos del profesor Alfredo Rodríguez López Vázquez, que ha defendido con gran despliegue de argumentos la atribución a Andrés de Claramonte.

En todos estos problemas intentaré describir aproximadamente el «estado actual de la cuestión» de modo muy somero. El lector interesado podrá completar los materiales y revisar las diversas opiniones de los estudiosos en la bibliografía esencial que recojo, y en lo que respecta a las cuestiones textuales y de autoría muy particularmente en los trabajos de Xavier A. Fernández, Don W. Cruickshank y Alfredo Rodríguez López Vázquez. La bibliografía sobre el tema de don Juan es inabarcable y crece sin cesar. Los acercamientos críticos arrancan de interpretaciones muy variadas y a veces contrarias: don Juan aparece así como un arquetipo de hombre viril (Ortega), un inmaduro de sexualidad poco diferenciada (Marañón), un vengador de su complejo de Edipo y su incapacidad para amar, un rebelde social y metafísico de dimensiones heroicas o un señorito andaluz fiado en la posición de su familia para cometer sus abusos. Estas interpretaciones y otras muchas con sus peculiares matices afectan al arquetipo «don Juan», que a su vez influye en la lectura particular que la crítica viene haciendo del BURLADOR. En los trabajos de Weinstein, Feal Deibe o Arias se hallará abundante documentación sobre los avatares de don Juan y algunas interpretaciones modernas (psicoanalíticas sobre todo) de variado interés. En las páginas que siguen me limito a presentar las líneas fundamentales del BURLADOR DE SEVILLA. Daré algunas referencias bibliográficas mínimas (sus datos completos se encuentran en la «Bibliografía») que considero esenciales o especialmente ilustrativas de mi comentario, lo cual no significa que mis observaciones no deban mucho a otro corpus crítico muy abundante, que no siempre citaré por menudo, dada la índole de la presente edición, pero al que me apresuro a reconocer mi deuda.

LA GÉNESIS DEL «BURLADOR» Y LA «LEYENDA DE DON JUAN»

Los estudiosos se han esforzado con empeño digno, quizá, a veces, de mejor causa, en la búsqueda de fuentes o antecedentes, de la vida real y la literatura, para el burlador y su convidado de piedra.

Tradiciones sobre el convidado de ultratumba se documentan por todo el folclore europeo en los esquemas de la doble invitación que Mackay investigó extensamente en su libro de 1943. En estas historias, un hombre, camino de la iglesia, topa con un muerto, alma en pena, calavera o esqueleto, al que insulta o maltrata, haciéndole una invitación burlesca para comer con él. El difunto invita después a su huésped, quien al acudir a la cena macabra recibe un castigo (la muerte a menudo) o se arrepiente, y se salva gracias a alguna reliquia u objeto sagrado que lo protege. En España hay distintas versiones del tema en romances de territorios leoneses y segovianos, estudiados por Ramón Menéndez Pidal, como el ejemplo que sigue:

> Un día muy señalado
> fue un caballero a la iglesia,
> y se vino a arrodillar
> junto a un difunto de piedra.
> Tirándole de la barba
> estas palabras dijera:
> «Oh buen viejo venerable,
> ¡quién algún día os dijera
> que con estas mismas manos
> tentara a tu barba mengua!
> Para la noche que viene
> yo te convido a una cena...»

Las versiones con estatua de piedra (en vez de calavera o esqueleto) parecen exclusivas de la tradición ibérica, a la que también es peculiar el hecho de que el galán que se burla vaya a la iglesia no para oír misa, sino para ver las muchachas hermosas, motivo erótico que podría apuntar al rasgo enamorador de don Juan. Sin embargo, no podemos datar con certeza estos romances, ni podemos estar seguros de que los conociera el autor de la comedia, ni se han descubierto hasta hoy variaciones de fondo sevillano, relacionables con el ám-

bito del BURLADOR, aunque Menéndez Pidal y Said
Armesto piensan que debió de existir una leyenda de
ambiente hispalense paralela a elementos narrativos que
integran el romancero de León y Segovia.

En cuanto al personaje de don Juan Tenorio, se han
sugerido numerosos modelos históricos que supuesta-
mente inspiraron la figura del burlador, como don Mi-
guel de Mañara (niño de pocos años en las fechas
probables de redacción de la obra); Mateo Vázquez de
Leca (véase Cuartero, «Mateo Vázquez, modelo del
Burlador», en *Revista de Literatura*, 35, 1969, págs.
5-38); don Juan Téllez Girón, segundo duque de Osuna
e hipotético padre de Tirso según argumentaciones de
Blanca de los Ríos, rechazadas hoy definitivamente por
la crítica (véase Saint-Paulien, *Don Juan, mito y realidad*, Barcelona, Edisvensa, 1969, pág. 38); don Pedro
Téllez Girón, tercer duque de Osuna (Wade, «Hacia
una comprensión del tema», en *Revista de Archivos, Bibliotecas y Museos,* 77, pág. 679); don Luis Colón (Pa-
lacín, «Don Luis Colón, modelo en que Tirso se inspiró
para crear su don Juan Tenorio», en *Hispanófila*, 58,
1976, págs. 435-451); dos oidores que corrían sus aventuras sexuales por Santo Domingo hacia 1606 (Gil Ber-
mejo, *«El Burlador de Sevilla*: posible origen histórico
en las Antillas», en *Archivo Hispalense*, 60, 1977, págs.
173-184); el famoso conde de Villamediana, don Juan
de Tassis, de trágica muerte y melancólica memoria
(Marañón), etc. Demasiados, y ninguno necesario a la
creación de don Juan, por más que elementos de vida
disoluta, burlas eróticas o insolencias varias se puedan
rastrear en estos y otros muchos personajes más o menos coetáneos.

Tampoco faltan candidatos literarios, casi siempre de
dudosa importancia, a fuentes del BURLADOR: para Fa-
rinelli el germen de la comedia se hallaría en una especie de moralidad representada en 1615 por los
jesuitas de Ingolstadt. Otros críticos mencionan como

antecedentes de don Juan al Cariofilo de la comedia
Eufrosina (Jorge Ferreira de Vasconcelos), el Leucino
de Juan de la Cueva *(El infamador)*, o el Leonido de
Lope de Vega *(La fianza satisfecha)* (cfr. Weinstein y
Bévotte, citados en la bibliografía).

Para el motivo del «tan largo me lo fiáis» también se
han señalado precedentes folclóricos (Solá Solé, «Dos
notas sobre la génesis del tema de don Juan», en *Revista de Estudios Hispánicos*, 2, 1968, págs. 131-141).

Recientemente, un magnífico trabajo de Francisco
Márquez Villanueva («Nueva visión de la leyenda de
don Juan») ha vuelto a plantear el problema de la leyenda de don Juan, demostrando la existencia de elementos anteriores paralelos al BURLADOR, desde la
perspectiva de una Italia llena de influencias españolas,
y a partir de los datos que proporcionan algunos pasquines romanos de 1559 y una crónica del carnaval de
1519 en Roma. En las mencionadas sátiras de 1519,
contra Giovanni, duque de Paliano (sobrino del papa
Paulo IV), se alude a la fábula de un «don Giovan»
antonomástico enemigo de la castidad femenina, lo que
permite certificar la popularidad italiana de un legendario don Juan seductor en estas fechas. El elemento
sobrenatural, que no aparece en la sátira, se manifiesta,
sin embargo, en la crónica del carnaval, donde se relata
una burla en la que fue ofrecido a nobles y cardenales
un convite macabro en una sala negra, ornamentada de
calaveras y esqueletos; una cena de ultratumba, en
suma, de «notable parecido con los terroríficos banquetes de don Juan» (Márquez Villanueva, pág. 209), con
sorprendente desarrollo escenográfico y los mismos elementos fundamentales de la leyenda que se integran en
el BURLADOR. Es probable que existiera, pues, una
tradición popular del tipo del burlador (en alguna variante con elementos locales sevillanos) que pasó a la
península italiana (donde no se documentan estos

elementos de modo autóctono) a principios del siglo XVI.

Sea como fuere, el don Juan capaz de engendrar tan larguísima descendencia literaria (véanse los libros de Weinstein y C. Feal, por ejemplo), atravesando en múltiples avatares los siglos y los géneros, nace con EL BURLADOR DE SEVILLA que utiliza, sin duda, componentes previos (sobre todo los relativos al convidado de piedra), pero que encuentra su propia estructura dramática en un grado de creación original sumamente alejado de las fuentes de inspiración.

ORGANIZACIÓN DRAMÁTICA DEL «BURLADOR DE SEVILLA»

Las aventuras de don Juan en escena comienzan en el palacio de Nápoles, con el engaño de la duquesa Isabela, a la que goza haciéndose pasar por el duque Octavio, galán de la dama. Empieza la comedia con la despedida nocturna del burlador y el descubrimiento de la burla. A los gritos de Isabela llega el rey de Nápoles con su acompañamiento. Don Pedro Tenorio, embajador de España, y tío de don Juan, es el encargado de la investigación, y deja escapar a su sobrino, acusando luego a Octavio, a quien el rey ordena detener, pero al que don Pedro permite también la fuga para evitarse a sí mismo complicaciones. A este primer bloque (vv. 1-374), relativo al engaño de Isabela, sucede una mutación: aparece en la playa de Tarragona la pescadora Tisbea, que en un largo monólogo (vv. 375-516) se vanagloria de su libertad amorosa, hasta que ve entre las olas a don Juan, que acaba de naufragar, lo recoge y se rinde a sus brazos (vv. 517-696). Con una técnica repetida en la comedia, se deja suspenso el episodio de Tisbea para introducir una escena entre el rey don Alfonso de Castilla y el comendador de Calatrava, don Gonzalo de

Ulloa (cambian las redondillas a versos endecasílabos blancos, más solemnes). Don Gonzalo informa sobre su misión diplomática en Portugal y en un largo romance elogia la ciudad de Lisboa (vv. 697-876). El rey ofrece casar a la hija del comendador, doña Ana, con don Juan Tenorio. Nuevo regreso al engaño de Tisbea y fin del episodio: don Juan, tras gozar a la pescadora la abandona, robándole sus propias yeguas para la huida. Tisbea se lamenta desesperada (vv. 877-1044) y sus gritos terminan, patéticamente, el acto I.

El II acto se inicia de nuevo en la corte de don Alfonso, a donde llegan noticias de la aventura napolitana de don Juan, y también el fugitivo Octavio, a quien promete el rey la mano de doña Ana (ya que don Juan, ahora, deberá casarse con Isabela) (vv. 1045-1150). Sigue el encuentro de don Juan, Octavio y, luego, el marqués de la Mota, con una serie de conversaciones amistosas (Octavio ignora todavía que es don Juan el causante de sus desdichas), y comentarios sobre las rameras sevillanas (a quien Mota y don Juan son muy aficionados) que manifiestan la índole moral y la vida disoluta de los dos jóvenes. Por azar cae en manos del burlador un billete amoroso en el que doña Ana cita a Mota para la noche. Inmediatamente don Juan planea una nueva burla (vv. 1151-1420). Una breve entrevista de éste con su padre (vv. 1421-1488) en que el viejo le afea su conducta ante la cínica indiferencia del galán, sirve para resaltar lo reprobable de los actos inmediatos del joven: se dirige a la casa de doña Ana, intenta engañarla haciéndose pasar por Mota (nueva versión del engaño de Isabela en que se había hecho pasar por Octavio), el comendador acude a los gritos de su hija, y en la riña entablada, don Juan lo mata (vv. 1489-1675).

Tras los episodios trágicos anteriores, nueva mutación al ambiente rústico de Dos Hermanas, donde el burlador interrumpe las bodas de Batricio y Aminta, y se dispone a otra aventura (vv. 1676-1814) que queda suspendida hasta el acto III.

El último acto se abre con las preocupadas reflexiones de Batricio, celoso del caballero cortesano que tantas libertades se ha tomado en sus bodas. Don Juan, efectivamente, convence a Gaseno, padre de Aminta, y a la propia labradora, de que está dispuesto a casarse con ella. El fin de la burla no se hace esperar (vv. 1815-2114). Regresa la acción a las costas de Tarragona, donde Isabela, que viene a España para casarse, encuentra a Tisbea (vv. 2115-2234).

En Sevilla de nuevo, don Juan halla en una iglesia en que se ha refugiado, el túmulo del comendador Ulloa y se burla de la estatua funeral convidándola a cenar, sin hacer caso, igual que en ocasiones anteriores, de los avisos e incitaciones al arrepentimiento del criado Catalinón, cada vez más perentorios. La estatua acude a la posada de don Juan y le invita a cenar en su capilla (vv. 2235-2513). Se intercala otra escena de corte: el rey va ya enterándose de los abusos de don Juan, y las diversas víctimas exigen justicia. Don Alfonso decide, por fin, castigar al burlador (vv. 2514-2662). Pero es tarde; don Juan acude a la cita con la estatua y recibe la muerte y la condenación, hundiéndose en el infierno (vv. 2663-2808). El resto funciona a modo de epílogo: Catalinón narra a los presentes lo sucedido, y el rey dispone las bodas finales en una típica reorganización del caos, no exenta de ribetes ambiguos (vv. 2809-2894).

Desde el punto de vista temático, el asunto que acabo de resumir se estructura en dos tiempos que corresponden a los dos integrantes fundamentales de la obra, expresados en el doble título de «burlador de Sevilla» y «convidado de piedra», es decir:

a)   Los engaños de don Juan.

b)   Episodios de la doble invitación y castigo por un agente de ultratumba.

La primera parte responde a su vez, como indica Ruiz Ramón, a un molde binario: cuatro mujeres afectadas, agrupadas de dos en dos según la clase social: dos nobles (Isabela, doña Ana) y dos plebeyas (Tisbea, Aminta), y cada engaño en dos fases (burla y huida). Las nobles, apunta Casalduero, representan el elemento «dramático» de la comedia; las plebeyas se distribuyen el ingrediente lírico (Tisbea, cuyo discurso y figura teatral evidencian una estilización eglógica culta) y cómico (Aminta, que, también estilizada, remite con mayor intensidad a los modelos rústicos).

En la sucesión de las peripecias, EL BURLADOR DE SEVILLA explota certeramente las técnicas del dinamismo y la suspensión, el contraste y las correspondencias, las premoniciones y la ironía dramática. Aunque algunos críticos (como Aubrun) han insistido en la improvisación y el desorden constructivo de la pieza, pocas dudas, creo, puede haber acerca de la sabiduría dramática del autor de la comedia. Casalduero, entre otros, advierte, con razón, que la composición del BURLADOR es muy rigurosa, y de una eficacia sobradamente probada por el vasto influjo posterior de que ha sido capaz. Si se leen con atención los dos pasajes quizá más denostados, el monólogo de Tisbea y la descripción de Lisboa, se observa que, lejos de ser un postizo sin valor funcional, el elogio de Lisboa (como demuestra Marc Vitse) establece un modelo mítico, ideal, con el que se contrapone la corrompida Sevilla que ofrece al burlador injusta impunidad, proyectando en la obra una profundidad de implicaciones morales y sociales de gran importancia. Permite, además, realzar la figura de don Gonzalo, que tanto protagonismo va a tener en el final, y establece, con su intercalación, una tensa espera que intriga la curiosidad del espectador, antes de culminar el engaño de la pescadora. El monólogo de Tisbea, que introduce el contraste lírico, lo analizaré más adelante, intentando mostrar su pertinencia retórica y su espectacular ironía dramática.

El contraste de ritmos sirve a la variedad y al dinamismo. Recuérdese lo que escribió Lope en el *Arte Nuevo* sobre la cólera del espectador español, que requiere variedad y abundancia de aventuras, sucesos, peripecias y ritmos. Al encendido diálogo amoroso de Tisbea y don Juan sucede la remansada descripción de Lisboa y de nuevo los gritos desesperados de la pescadora; a los motivos costumbristas de las rameras sevillanas, el funesto desenlace de la burla a doña Ana; a los sucesos trágicos de la muerte del comendador y disposiciones funerales, las escenas lírico-cómicas de los esponsales rústicos... El comienzo brusco del drama, *in medias res,* marca ya el tono acelerado que domina el conjunto, subrayado por el constante cambio de escenarios: Nápoles, Tarragona, Sevilla, Dos Hermanas, la corte, la marina, el campo. Don Juan, como vienen señalando los estudiosos repetidamente, es un «vendaval erótico» (A. Castro), un hombre que «no tiene rostro, es movimiento» (Maurel), siempre apresurado, de vertiginosa velocidad (Rogers, Ruiz Ramón). «Esta noche he de gozalla», dice nada más conocer a Tisbea (vv. 684-686). Y tras gozarla parte de inmediato en las yeguas de «pies voladores» (v. 888), que prestan sus «alas» (v. 1022) —nótense las imágenes de velocidad— a la incesante fuga de don Juan.

Esta velocidad responde también a un crescendo en las acciones del burlador, ya puesto de relieve por A. A. Parker en un memorable trabajo sobre la comedia del Siglo de Oro [1]: cada una de las burlas añade

---

[1] A. A. Parker, *The Approach to the Spanish Drama of the Golden Age,* Diamante, VI, Londres, 1957, reimpreso varias veces. Está incluido en la antología *Calderón y la crítica,* de M. Durán y R. G. Echevarría, Madrid, Gredos, 1976.

una circunstancia agravante más intensa. Comienza engañando en el palacio real a la dama de un amigo; sigue traicionando la hospitalidad de Tisbea, que lo ha recogido extenuado tras su naufragio; suma el homicidio en el episodio de doña Ana; destruye un matrimonio recién efectuado y profana el sacramento en el caso de Aminta. La misma reiteración de las advertencias que las víctimas y Catalinón hacen a don Juan eleva progresivamente el nivel transgresor de cada burla, y de su renuencia al arrepentimiento que deja siempre para más tarde (para nunca). No hay, pues, ninguna improvisación azarosa en la organización dramática del BURLADOR DE SEVILLA. Cada elemento desempeña una función precisa y eficaz. Un complejo sistema de simetrías, premoniciones y correspondencias, paralelas o contrastivas (véase Rogers, «The Fearful Symmetry», pág. 24n y Bibl.), sustenta su desarrollo. No puedo comentar sistemáticamente estos recursos, pero quizá sirvan de muestra algunos ejemplos.

El rey de Nápoles, airado por la profanación de su palacio, pondera, al comienzo de la obra, la fuerza irresistible del amor:

> No importan fuerzas,
> guardas, criados, murallas,
> fortalecidas almenas
> para amor, que la de un niño
> hasta los muros penetra (vv. 172-176)

y poco después Tisbea (dueña de una choza de paja, no de muros precisamente) blasona de su libertad, haciéndose la «sola de amor exenta» (v. 379) y señora de amor (vv. 455-456). La denuncia de ese precario señorío implicada en esta antítesis (claramente perceptible para el espectador) se refuerza con otras isotopías: Octavio, por ejemplo, llama a la mujer «veleta» y «débil caña» (v. 369), metáforas que expresan su inconstancia

y fragilidad: cinco versos más adelante, aparece Tisbea
con una caña de pescar en la mano (símbolo metoní-
mico, visual aquí) cuyo valor integra verbalmente en
estas sugerencias simbólicas:

> quiero entregar la caña
> al viento (vv. 479-480)

pues el viento es, a su vez, símbolo de la vanidad y la
locura (vv. 495-496) conectado subliminalmente con la
imagen de la veleta.

En otro lugar, don Pedro Tenorio, en su hipócrita
versión de los hechos, utiliza metáforas mitológicas para
referirse al engañador de Isabela (su propio sobrino,
como él bien sabe):

> A las voces y al ruido
> acudió, duque, el rey propio;
> halló a Isabela en los brazos
> de algún hombre poderoso;
> mas quien al cielo se atreve,
> sin duda es gigante o monstruo (vv. 291-296).

En realidad, como se manifiesta en el resto del pasaje (véanse los vv. 279-282, 345-354), la ampulosa retórica de don Pedro intenta enmascarar la falsía de sus
palabras. Irónicamente, lo que él concibe como mera
alusión lexicalizada a los gigantes de la mitología clásica
que quisieron escalar el cielo y fueron fulminados por
Júpiter (construida sobre la imagen tópica del rey como
sol, o dios, palacio como cielo), alcanza un valor premonitorio del posterior desenlace, en el que don Juan
se atreve al cielo (no ya metafórico literario, sino religioso) y cae fulminado en el fuego eterno. Irónica mul-
tiplicación de sentidos que resulta inasequible a la
perspectiva parcial del personaje, pero que el espectador o lector atento, desde su visión global del drama,
está en condiciones de captar.

Igual valor premonitorio alcanza el episodio de Tisbea. Su monólogo lírico, muchas veces criticado como inverosímil y pesada digresión, establece el motivo de la desdeñosa que se burla de los pretendientes, necesario para justificar el castigo de su exceso (sufrir ella misma la burla de don Juan):

> Yo soy la que hacía siempre
> de los hombres burla tanta,
> que siempre las que hacen burla
> vienen a quedar burladas (vv. 1013-1016).

Es difícil, dada la omnipresencia del término BURLA y derivados, en el ámbito de don Juan, no interpretar estos versos de Tisbea como un avance premonitorio de lo que espera al burlador por antonomasia: también él acabará burlado. Lo que Coridón dice de Tisbea:

> Tal fin la soberbia tiene.
> ¡Su locura y confianza
> paró en esto! (vv. 1039-1041),

se puede fácilmente aplicar a don Juan, otro loco cuya confianza en el «tan largo me lo fiáis» le conducirá a su perdición.

Examinado desde este punto de vista, el engaño sufrido por Mota se puede analizar como otro caso más de «burlador burlado». En efecto, cuando el marqués se dirige a dar un perro muerto (es decir, una burla) a la tal Beatriz (que suponemos compañera de las Evas de la calle de la Sierpe), don Juan le pide que le ceda a él la diversión. Mota, tonto y magnánimo, le traspasa el perro y le presta la capa para que lo dé mejor: don Juan se va, claro, no a casa de la complaciente Beatriz, sino a la de doña Ana, amante de Mota. Pero si el marqués es un burlador burlado, como Tisbea, en esta dinámica de sucesivos errores pagados, todo confluye en la sugerencia del final.

Interesante es, en esta vía, el análisis, entre otros, del motivo «dar la mano», que ha sido interpretado como aplicación del principio vindicativo de la «counter passion»[2] y que sin duda cohesiona con su reiteración la estructura de la comedia. Cada vez que don Juan engaña a una mujer le da la mano en señal de matrimonio, y como acto codificado que asegura la firmeza de sus juramentos:

> Detente;
> dame, duquesa, la mano (vv. 17-18)

> Esta es mi mano y mi fe (vv. 947, a Tisbea)

> Ahora bien, dame esa mano (v. 2081, a Aminta)

Cuando, más adelante, es la estatua la que pide la mano a don Juan, como signo de compromiso («Dame esa mano», v. 2470), el burlador la entrega de nuevo sin percatarse de que no es ya un gesto vacío edificado sobre el perjurio, y de que la estatua no regresa del más allá precisamente en calidad de víctima. Don Juan no conecta este gesto que le exige el muerto con las ocasiones anteriores, conexión que le permitiría quizá una oportuna iluminación. En realidad se le está dando un nuevo y último aviso, se le propone una meditación sobre el gesto simbólico que tantas veces ha traicionado. Rechazada esta oportunidad, la siguiente vez que la estatua le pida la mano («Dame esa mano, no temas; / la mano dame», vv. 2772-2773) será la definitiva:

---

[2]   Es decir, aplicar al pecador un castigo correspondiente al pecado cometido, como en el Infierno de Dante. Véanse los trabajos de Rogers, «Fearful Symmetry»; Vitse, «Don Juan», citados en la Bibliografía, o el de A. Marni, «Did Tirso Employed Counter Passion in his *Burlador de Sevilla?*», en *Hispanic Review*, XX, 1952, págs. 123-133, para este concepto y su aplicación al *Burlador*.

el compromiso ya es irrevocable, aunque don Juan quiera, como siempre, anular su significado.

Resulta sorprendente que se haya acusado de impericia y de incorrecta construcción a una obra como EL BURLADOR, donde cada detalle obedece a un designio artístico bien calibrado.

Tampoco le han faltado acusaciones en lo literario (más que teatral) como las que le enderezó A. Castro en el prólogo de su edición a propósito de anacolutos, falsas rimas, estrofas defectuosas y otros errores fantasmales que todavía, inexplicablemente, se siguen aduciendo en alguna ocasión, confundiendo deturpaciones textuales con carencias artísticas. La coherencia dramática de la obra se apoya en su calidad poética literaria, y viceversa, el lenguaje poético aparece integrado funcionalmente en el drama. En este sentido lo menos interesante son las imágenes tópicas de la clase «zafiros» para el mar azul (v. 385), «aljófar» para la arena mojada (v. 388), o los «pies de jazmín y rosa» de las pescadoras (v. 376). Mucho más significativa es la explotación poética de las metáforas y alusiones al mito de Troya, las imágenes en torno al campo semántico del fuego, la oposición luz/oscuridad, o el sistema, más o menos lexicalizado, sobre la idea de «pagar» [3].

Tisbea compara, por ejemplo, a don Juan, que salva del mar a Catalinón, con Eneas, que salvó de la destrucción de Troya a su padre Anquises (v. 503); del mar, en justa correspondencia se dice que «está hecho Troya» (v. 504), en una metáfora conceptista que entra en la categoría de agudeza por contrariedad e improporción, según las clasificaciones de Gracián en su *Agu-*

---

[3]   Para estos sistemas metafóricos, véanse los trabajos de Durán y Echevarría, o Rogers, citados en la Bibliografía. También es útil el de Morris, «Metaphor in *El burlador de Sevilla*», en *Romanic Review*, LV, 1964, págs. 248-255.

deza y Arte de Ingenio: pues Troya pereció por el fuego
(a la cabaña de Tisbea, destruida por la pasión burlada
se le aplicará esta imagen de Troya, vv. 989-990: «Mi
pobre edificio queda / hecho otra Troya en las llamas»),
y el mar es una Troya de agua (elemento opuesto al
fuego). Esta tensa contrariedad ínsita en la imagen subraya el sentido dominante de «destrucción» que el sistema alusivo incorpora, y anuncia para el espectador lo
que Tisbea es incapaz de ver: que la imagen troyana
que corresponde a don Juan no es, en todo caso, la del
Eneas salvador, sino la del paladión, el caballo destructor, imagen que ella misma, sin comprender sus implicaciones, le aplica más adelante:

> Parecéis caballo griego
> que el mar a mis pies desagua,
> pues venís formado de agua
> y estáis preñado de fuego (vv. 613-616).

La misma comparación con Eneas resulta premoni-
toria si se sabe elegir la connotación significativa, que
es aquí no la salvación de Anquises, sino el abandono
de la reina Dido de Cartago. El mismo don Juan completa el sistema alusivo dando esta misma interpretación
al mito:

> CATALINÓN.   Buen pago
>   a su hospedaje deseas.
> D. JUAN.   Necio, lo mismo hizo Eneas
>   con la reina de Cartago (vv. 897-900).

Las imágenes de Troya se relacionan con el motivo
del fuego y su poder destructivo, que resulta a su vez
símbolo de la pasión amorosa (instrumento y base de
los engaños de don Juan) y del castigo eterno. De
nuevo, las reiteraciones de imágenes y vocablos refuer-
zan la coherencia estructural: el fuego será para Tisbea
expresión del amor (vv. 950-952: «ven y será la caba-

ña [...] / tálamo de nuestro fuego»), pero también de
su desesperación en el abandono deshonroso (vv. 985-
986: «Fuego, fuego, que me quemo, / que mi cabaña se
abrasa»). Don Juan, responsable de estos dos fuegos
perecerá a su vez abrasado, en justa correspondencia:

> D. JUAN.   Que me abraso. No me abrases
>   con tu fuego.
> D. GONZALO.   Éste es poco
>   para el fuego que buscaste.
>   (vv. 2775-2777).

Que las imágenes poéticas sirven al desarrollo dramático sin limitarse a ser un adorno de bello lenguaje
externo, resulta evidente incluso en pasajes a menudo
maltratados por la crítica, como el monólogo lírico de
Tisbea que ha sido tachado de digresión culterana inverosímil en boca de la pescadora, producto de la fas-
cinación que la poesía gongorina causó en su época. Sin
embargo, el discurso de Tisbea [4] integra toda una serie
de motivos premonitorios que expresan irónicamente lo
frágil de su libertad y preparan el marco de la burla.
    El romancillo de Tisbea se abre con un motivo nu-
clear, el de su libertad amorosa, no mera resistencia
pasiva, sino vanidoso dominio del que presume, frente
al universal poder del amor, que afecta a las pescadoras
(entregadas a la pasión) y pescadores (pretendientes
desdeñados de Tisbea), y también a los seres de la naturaleza circundante:

> oyendo de las aves
> las quejas amorosas,

---

[4] La ruptura del decoro en Tisbea es muy relativa. No hay que
olvidar que se trata de una figura artísticamente estilizada, que obedece a una funcionalidad dramática y no a un prurito de costum-
brismo realista. Los límites del decoro deben tener en cuenta las
convenciones estilísticas de base.

y los combates dulces
del agua entre las rocas (vv. 391-394)

Sola de amor exenta, tirana, segura de sí, incurre ella
también, como otros personajes de la comedia, en una
falta de lucidez que provoca su caída. El contraste que
establece entre sí misma y el «necio pececillo» (v. 397)
que se dispone a pescar, alcanza resonancias irónicas
puesto en relación con el desenlace del episodio. Pero
antes de su engaño avanza inconscientemente indicios
claros para el espectador. Así, su cabaña alberga en el
pajizo techo nidos de «tortolillas locas» (v. 422), aves
que simbolizan el amor en la tradición poética, y su
honor «conserva en pajas» (v. 423) como la fruta y el
vidrio (v. 425). No hay que insistir en las connotaciones
de fragilidad de estas imágenes, máxime si se recuerda
la frecuencia de la imaginería del fuego, símbolo amoroso y destructivo, frente al cual la combustible paja de
la cabaña no ofrece ninguna protección. La rebeldía amorosa de la muchacha se expresa con términos
negativos (lo que justifica dramáticamente su castigo)
que implican una deshumanización cruel con sus ama-
dores («a sus ruegos terrible, / a sus promesas roca»,
vv. 432-433), especialmente con Anfriso, compendio
de virtudes, de cuya frustración saca Tisbea un placer morboso:

porque en tirano imperio
vivo, de amor señora,
que halla gusto en sus penas
y en sus infiernos gloria (vv. 455-458).

Su exaltada seguridad (v. 468) pronto se somete a
prueba: las imágenes de pesca (caña, cebo, redes) con-
notan irónicamente la captura de la propia Tisbea; se
dispone a arrojar el cebo para el «necio pececillo»
(v. 481), pero su pesca se reduce en esta ocasión a don

Juan; y quien se muestra como necio pez que muerde
el cebo y cae en las redes (amorosas redes esta vez) es
la desdeñosa Tisbea. No captura: es capturada. Su descripción de la nave naufragante es igualmente significativa con la alegoría del pavo real, símbolo de la
vanidad. Poéticamente Tisbea atribuye el hundimiento
de la nave-pavón al orgullo y la pompa, jugando con la
dilogía de «desvanecer», «desaparecer, hundirse la
nave» y «envanecerse demasiadamente»:

> como hermoso pavón
> hace las velas cola,
> adonde los pilotos
> todos los ojos pongan.
> Las olas va escarbando,
> y ya su orgullo y pompa
> casi la desvanece (vv. 487-493)

y todo el pasaje, irónicamente premonitorio, resulta
avanzado reflejo sugestivo de su propio orgullo y de su
propio hundimiento.

Un análisis más demorado del lenguaje poético del
BURLADOR revelaría con más precisión, sin duda, la
funcionalidad dramática y la completa pertinencia retórica de sus recursos.

LOS PERSONAJES DE LA COMEDIA

Don Juan y su mito

Pocos personajes del teatro universal han conseguido
la popularidad de don Juan, convertido en un mito literario de dilatada progenie. O quizá, mejor dicho, en
encarnador mítico de una serie de pulsiones humanas
que la crítica ha intentado describir recurriendo a teo-
rías antropológicas y psicoanalíticas varias. Sobre el
mito de don Juan (cuyo primer avatar es el burlador de

Sevilla) se ha escrito mucho. Wade lo relacionó con el héroe cultural del *trickster,* personaje que en las tradiciones primitivas incorpora la burla de instituciones y represiones. Simbolizaría, de este modo, la rebelión del inconsciente contra las normas demasiado rígidas del estado de civilización, y especialmente la rebelión de la libido contra la ley del padre (Evans). En la vía de interpretación psicológica, Vázquez considera a don Juan personaje edípico, que en cada mujer busca a la madre, vengándose del padre y también de la madre por haberlo abandonado: sus burlas manifestarían, en suma, un complejo de Edipo no resuelto. También C. Feal Deibe ve en don Juan el desafío de la ley paterna, sobre todo en el acto de matar al comendador (figura que, según Feal, encarna al padre, y a la que don Juan da muerte según el modelo edípico). Desde la perspectiva de los estudios del pensador René Girard, Arias, en una reciente tesis doctoral, ofrece un sugestivo acercamiento a las dimensiones de don Juan como chivo expiatorio, ya apuntadas por Agheana y Feal, aunque con menos detalle. La cultura, piensa Girard, se funda en el ritual del sacrificio, en el que matador y víctima aseguran la cohesión social manteniendo la violencia fuera de la comunidad. El chivo expiatorio ejerce una violencia que es interrumpida por el acto de su sacrificio. El drama es representación mimética del mecanismo expiatorio. Observado desde este punto de vista, don Juan manifiesta en su sexualidad una forma de deseo mimético ligado a la violencia (revela una competencia con el deseo de los demás, una rivalidad agresiva: de ahí que no seduzca por el mero placer sexual y encuentre satisfacción en la burla y la fama). El sacrificio interrumpe esta violencia y permite restaurar el orden social. Don Juan es, pues, a la vez, agresor y víctima.

Para muchos estudiosos del mito donjuanesco, esta capacidad de proyectar en sus aventuras deseos secre-

tos, impulsos de dominio y apetencias sexuales (signo a
su vez de las ansias de poder y la liberación de los ins-
tintos reprimidos) explican buena parte de la fascina-
ción que produce en el espectador, partícipe también
en alguna medida del individualismo egoísta que don
Juan (a diferencia del público) sí se atreve a erigir en
norma de conducta.

Las dimensiones arquetípicas de don Juan no borran
las diferencias que caracterizan específicamente a cada
uno de los don Juan concretos que se suceden en la
historia literaria. En las líneas que siguen intentaré tra-
zar los rasgos más evidentes de este don Juan Tenorio,
burlador de Sevilla, que hoy es nuestro personaje.

El aspecto más llamativo (no digo más profundo) es,
sin duda, su actividad erótica, la conquista de la mujer.
Si bien es verdad (lo han subrayado muchos estudiosos)
que a don Juan le impulsa la burla, más que el sexo,
no creo oportuno rebajar demasiado la importancia del
elemento erótico, que tan enorme eficacia ha tenido
para la fijación del tipo teatral y para expresar, con
justeza y profundidad dramáticas, las transgresiones del
protagonista. En la técnica seductora de don Juan todo
vale: desde el disfraz y la personalidad fingida (con Isabela y Ana) a la retórica brillante de ofrecimientos materiales (Aminta). Y siempre, como elemento fijo que
va elevando el grado de su alevosía, el perjurio. En
todos los casos (luego comentaré el peculiar de doña
Ana) promete matrimonio a las mujeres con juramentos cada vez más reforzados. No veo en ellos la reserva
mental que señaló Casalduero (véase «Los juramentos
de don Juan», en *Contribución al estudio)* y que viene
a ser hoy lugar común de la discusión crítica. Técnica-
mente no hay reserva mental (véase los vv. 3-4, 925
y sigs., 947, 2090-2096 y el comentario de Fernández Turienzo en «Don Juan, mito y realidad»): hay simplemente engaño, juramentos en falso. Don Juan no tiene
necesidad de apelar a la moral jesuítica para ponerse

en paz con su conciencia (Casalduero, *Contribución al estudio*, pág. 33). Simplemente ignora la moral y la conciencia, relegándolas a un «después» perdido en la lejana hora de la muerte que no puede concebir en su presente victorioso («tan largo me lo fiáis» es su repetida muletilla). Su juramento más intenso, el último, invoca, cínicamente, el propio castigo con una condición imposible... que no obstante, por disposición divina, verá cumplida:

AMINTA.   Jura a Dios que te maldiga
               si no la cumples.
D. JUAN.   Si acaso
               la palabra y la fe mía
               te faltare, ruego a Dios
               que a traición y alevosía
               me dé muerte un hombre... (muerto,
               que vivo ¡Dios no permita!)
                                    (vv. 2090-2096).

En la búsqueda de su satisfacción vital realiza don Juan dos cosas: primero, el placer sexual, que también busca [5] (otro tipo de burlas darían un personaje muy distinto) y segundo, y fundamental, la burla. En ambos, conquista y engaño, expresa una energía vital (que fascinó a Ortega), una apetencia de posesión y dominio, de apurar el presente sin referencias a un más allá eterno, que le hace prescindir de cualquier norma que

---

[5]   Véanse, por ejemplo, pasajes como «Muerto voy / por la hermosa pescadora», vv. 684-685; «Por Tisbea estoy muriendo, / que es buena moza», vv. 896-897; «Buenos ojos, blancas manos, / en ellos me abraso y quemo», vv. 1807-1808...

no sea su apetito [6]. Don Juan es el burlador; su placer
sexual va siempre acompañado de la burla, e implica
un aspecto cruel, destructivo, sádico (véase Navarrete,
cit. en la Bibliografía), un malicioso placer en el engaño
(véase Rogers, *El burlador*, pág. 36), una búsqueda ob-
sesiva del renombre, de la fama [7]. El término BURLA y
derivados constituyen un campo semántico central en la
obra:

> Si burlar
> es hábito antiguo mío
> ¿qué me preguntas, sabiendo
> mi condición? (vv. 891-894)

> No prosigas, que te engaña
> el gran burlador de España (vv. 1278-1279)

> Sevilla a voces me llama
> el burlador, y el mayor
> gusto que en mí puede haber
> es burlar una mujer
> y dejalla sin honor (vv. 1312-1316)

> Ya de la burla me río (v. 1344)

> Ha de ser burla de fama (v. 1475)

> Guárdense todos de un hombre
> que a las mujeres engaña,

---

[6]   En el contraste entre lo temporal y eterno ve Casalduero el sentido de la obra («El desenlace»). Sobre la captura del presente en la
comedia, remito a las sagaces observaciones de Ruiz Ramón. Sobre
su energía y dominio habla bastante Ramiro de Maeztu en su conocido ensayo «Don Juan o el poder», en *Don Quijote, Don Juan y la
Celestina*.

[7]   Unamuno escribe en el prólogo a *El hermano Juan:* «El legí-
timo, el genuino, el castizo don Juan parece no darse a la caza de
hembras sino para contarlo y para jactarse de ello (...) lo que le
atosiga es asombrar, dejar fama y nombre.»

y es el burlador de España.
—Tú me has dado gentil nombre (vv. 1485-1488)

etcétera (vv. 1545-1546, 1974-1975, 2113-2114, 2265-2267).

Las burlas no se ejecutan sólo contra las mujeres: se burla también de Octavio, de Mota, de la estatua del comendador. Miente, perjura, roba las yeguas de Tisbea, mata, desobedece al rey, se ríe de las admoniciones de su padre: se burla, en suma, de las normas sociales y divinas. Destruye el honor de los otros (todo lo convencional que se quiera, pero norma social cuya ruptura introduce un caos) y quiere construir su fama de «Héctor sevillano» sobre su capacidad de burlador victorioso del honor y deseos de los demás. La hidalguía que le reconoce Catalinón en lo que no afecta a las mujeres (vv. 1204-1208) parece más bien un rasgo tópico exigido por el papel de primer galán. Lo mismo podría decirse de su valor físico, única virtud que se suele reconocer en él (véase Wade, «The character of Don Juan», Maeztu...) y que, como ha señalado Marc Vitse («Don Juan o temor y temeridad») es un valor falso que se confunde con la temeridad. Si Rogers tiene razón al señalar como un tema básico de la obra el de la responsabilidad (o irresponsabilidad) social y moral («Fearful Symmetry», pág. 156), Vitse completa esta observación subrayando cómo «la irresponsabilidad del burlador no es sino la traducción de una cobardía basada en la anonimia y de una osadía extremada en lo que toca a su opinión» (art. cit., pág. 67).

Entender bien las dimensiones del valor de don Juan me parece importante para aceptar o negar la estatura heroica del personaje, y la grandeza o pequeñez de la rebelión social y religiosa que a menudo se le atribuye. Aspectos estos relacionados en la comedia con la explicación del desenlace, esto es, del castigo fulminado sobre la maldad de don Juan y sus vertientes teológicas.

Américo Castro, por ejemplo, ha visto en don Juan un alma audaz opuesta a todo principio, un creyente en quien destaca más intensamente la rebeldía, y subraya el «aspecto trágico del burlador, verdadero héroe de la transgresión moral» (prólogo de su edición). Alfred Rodríguez, por su lado, resalta la rebeldía social del protagonista, además de la teológica y moral.

Que don Juan peca contra la persona, la sociedad y la ley divina no parece discutible. Más dudoso, sin embargo, es que su transgresión constituya una rebelión teológica y social consciente, de grandeza trágica. A mi juicio, don Juan no es un héroe de la transgresión, como sostiene Castro: su condición de creyente no destaca de modo especial ninguna audacia, porque no es operativa. Don Juan cree porque un personaje de comedia española del Siglo de Oro no puede hacer otra cosa, pero actúa dejando al margen completamente a Dios y sus leyes de la conducta cotidiana. No puedo percibir en él ninguna dimensión trágica de rebeldía demoniaca. No se opone a Dios: Dios le es indiferente. La talla diabólica que se ha señalado a menudo como rasgo de don Juan (cfr. Brown y ahora el excelente trabajo de A. Egido) me parece reducida en la mayoría de los casos a expresiones lexicalizadas. El desafío que mantiene con la estatua, más que valor heroico comporta ceguera mental y moral. Su obsesión por cumplir la palabra dada al comendador (único caso, porque nunca las cumple: ni las cumple con las mujeres, ni, pese a lo que digan Catalinón y algunos críticos, las cumple con los hombres) viene de su temor a ser tachado de cobarde (Rogers, *El burlador*, pág. 38; Vitse). En cierto momento exclama, despreciando neciamente el miedo de Catalinón:

> ¡Qué temor tienes a un muerto!
> ¿Qué hicieras estando vivo? (vv. 2374-2375)

> ¿Quién cuerpos muertos temió? (v. 2509)

ignorando la razón que asiste al gracioso. Pues el convidado de piedra, evidentemente, no es un «cuerpo muerto» sin potencias: es un mensajero del más allá, cuya vida sobrenatural no admite discusión. Todavía, y dentro ya de un tramo sin retorno, en el que los avisos del castigo son obvios e indudables, don Juan sigue con su inercia del «tan largo me lo fiáis», incapaz de reconocer que su tiempo ha terminado. ¿Valor? Más bien, como puntúa Vitse, temeridad y arrogante estulticia. Su frase favorita, el «tan largo» con que rechaza todos los avisos es otra muestra de petulancia inconsciente. No indica exactamente enfrentamiento con la divinidad, sino dilación, demora. No le faltan oportunidades de reflexión. Constantemente se le recuerda (Catalinón sobre todo, pero no sólo él) su responsabilidad:

CATALINÓN.   Los que fingís y engañáis
               las mujeres desa suerte
               lo pagaréis con la muerte.
D. JUAN.   Qué largo me lo fiáis (vv. 901-904).

TISBEA.   Advierte
               mi bien, que hay Dios y que hay muerte.
D. JUAN.   Qué largo me lo fiáis (vv. 943-945).

TISBEA.   Esa voluntad te obligue,
               y, si no, Dios te castigue.
D. JUAN.   Qué largo me lo fiáis (vv. 958-960).

D. DIEGO.   Mira que, aunque al parecer,
               Dios te consiente y aguarda,
               su castigo no se tarda,
               y que castigo ha de haber

	para los que profanáis su nombre, que es juez fuerte Dios en la muerte.
D. JUAN.	¿En la muerte? ¿Tan largo me lo fiáis? De aquí allá hay gran jornada. (vv. 1441-1449).

CATALINÓN.	Mira lo que has hecho, y mira que hasta la muerte, señor, es corta la mayor vida, y que hay tras la muerte infierno.
D. JUAN.	Si tan largo me lo fías vengan engaños (vv. 1992-1997),

etcétera. Pero su respuesta es siempre la misma. Vitse ha descrito la trayectoria de don Juan como un proceso de no conversión, comparándolo con otros personajes de Tirso que reciben un aviso sobrenatural análogo, siempre resuelto en conversión. El agente común de esta conversión es el temor, un temor razonable, el razonable temor de Dios. Don Juan ignora que semejante temor a la condenación es valor y es prudencia, y que su temeridad es deleznable. La no conversión y pertinacia no me parecen revestidas tampoco de especial significación teológica. De la idea de un autor teólogo (Tirso, el fraile) y de la conexión de la comedia con *El condenado por desconfiado*, procede a menudo la opinión de que EL BURLADOR tercia en las disputas teológicas sobre la gracia, criticando parcialmente la posición molinista y los excesos doctrinales que valoran la fe sola (Agheana, «The Unholy Martir», pág. 315; A. N. Hughes, *Religious Imagery in the Theater of Tirso de Molina*, Macon, Georgia Univ. Press, 1984; Sullivan, pág. 39 de art. cit. en la Bibliografía...). Pero creo que Maurel (*L'Univers,* pág. 592) lleva la razón cuando ve en EL BURLADOR no cuestiones de compleja teología, sino verdades elementales de la doctrina cris-

tiana. Considerar que la trayectoria de don Juan critica
el exceso doctrinal de la fe sin obras, como piensa Sullivan, me parece fuera de lugar, simplemente porque
la fe de don Juan no hace al caso, no tiene presencia
activa en el drama.

Sin duda el burlador reclama para sí la condenación.
Rebelde consciente y heroico (como creen algunos estudiosos) o simple malvado sin más objetivos que cumplir sus apetitos (como a mí me parece), don Juan
siempre es agente del mal y del caos. Su contumacia
provoca el castigo ejemplar divino, que corrige la culpable benevolencia con que la justicia humana, nepó-
tica y corrompida, trata al burlador. Que lo es porque
su posición social de privado cortesano y poderoso señor le permite serlo. Desde este punto de vista la rebelión social de don Juan es muy relativa. No quiere
destruir un sistema que le proporciona privilegios, y si
rompe las reglas es para abusar apoyado en esos mismos privilegios que utiliza sin escrúpulos. No duda en
ponderar su posición cuando quiere deslumbrar a
Aminta, y su impunidad de burlador estriba en lo que
él mismo confiesa a Catalinón:

D. JUAN.   Si es mi padre
                  el dueño de la justicia
                  y es la privanza del rey,
                  ¿qué temes?
CATALINÓN.   De los que privan
                  suele Dios tomar venganza
                  si delitos no castigan (vv. 1978-1982).

Y este aspecto nos introduce en otro tema básico de la
obra, el de la crítica social. Porque don Juan, como
Ruiz Ramón ha señalado agudamente, más que causa
es efecto: es burlador porque le dejan, porque tiene
cómplices y valedores. Hay una dura crítica contra los
reyes, los privados y la general degradación social.
Wardropper, Varey y Ruiz Ramón (véanse los trabajos

citados en la Bibliografía) han examinado este elemento de la obra con mucha sindéresis. Para esbozarlo, al menos, convendrá observar a otros personajes, sobre todo a los responsables del orden social, reyes y validos, que funcionan en EL BURLADOR DE SEVILLA como indulgentes protectores del burlador.

Los reyes y los validos

El rey de Nápoles tiene una fugaz aparición al comienzo de la obra, en la que muestra su incapacidad para enfrentarse al escándalo, y delega en don Pedro Tenorio las pesquisas. Su entrevista con Isabela es significativa de su condición de pésimo justiciero: hace dos preguntas a la dama, pero impide la respuesta. No escucha ni averigua. La situación acaba dominada por el mendaz embajador español. La conducta del rey de Nápoles prefigura la del rey de Castilla. Aunque algunos estudiosos (Varey, por ejemplo) apuntan que don Alfonso pretende ser justiciero sin conseguirlo por las circunstancias falaces que lo rodean, el análisis de sus actos arroja un balance, creo yo, bastante más negativo. Al recibir la noticia del engaño napolitano, el rey decide castigar a don Juan... desterrándolo a Lebrija, pueblo a un paso de Sevilla (vv. 1062-1064), destierro que don Juan no respeta. Conforme se acumulan más detalles de los abusos de don Juan, la ira del rey sólo alcanza, con total injusticia, a hacerlo conde de su lugar de destierro (vv. 2526 y sigs.). Don Alfonso protege constantemente al burlador y elude cualquier medida. En la primera entrevista con Octavio, don Diego Tenorio teme que el duque reclame desafío a su hijo. No lo hace porque Octavio ignora todavía quién ha burlado a Isabela. Don Diego y el rey, en cambio, sí conocen al culpable, pero le guardan muy bien el secreto. Don Alfonso ofrece a Octavio la mano de doña Ana (en sustitución de Isabela) pero no le dan noticia de los hechos de Nápoles (poco después Octavio encuentra a don Juan y le saluda amistosamente). Cuando prende al marqués de la Mota, acusado de matar a don Gonzalo de Ulloa, el rey castellano actúa con él del mismo modo que el rey de Nápoles con Isabela: en su ira precipitada ambos monarcas impiden hablar a los acusados y bloquean ellos mismos la posibilidad de averiguar la verdad. No se trata sólo de impotencia para dominar la situación (lo que ya sería bastante mala condición de rey): el mismo rey contribuye al desorden y a la confusión. A la altura del verso 2545, don Alfonso decide perdonar a Mota. ¿Perdonarlo de qué? ¿Del homicidio del comendador o de sus galanteos secretos con doña Ana? Aparentemente el rey sigue creyendo que el marqués ha matado a don Gonzalo (en los vv. 2840 y sigs., Mota explica la verdad y el rey parece sorprendido). Pero entonces ¿es que no ha interrogado a doña Ana? ¿No le ha prestado crédito? ¿No se entera de lo que pasa en su reino? Porque la culpabilidad de don Juan es *vox populi,* como declara Catalinón en los versos 2235-2244:

CATALINÓN.   Todo en mal estado está.
D. JUAN.   ¿Cómo?
CATALINÓN.   Que Octavio ha sabido
    la traición de Italia ya,
    y el de la Mota ofendido
    de ti justas quejas da,
    y dice que fue el recaudo
    que de su prima le diste
    fingido y disimulado
    y con su capa emprendiste
    la traición que le ha infamado.

El único que ignora la verdad parece ser el máximo responsable de la justicia (lo que sugiere que don Diego Tenorio, su valido, no es tan leal como algunos estudiosos han defendido, y pone la disculpa de su hijo

—motivo personal— delante de la justicia que está obligado a guardar, ocultando al rey la verdad). Pero no siempre la ignora. En la segunda audiencia a Octavio, éste pide, efectivamente, permiso para desafiar a don Juan (ya ha sabido los sucesos que en la primera audiencia el mismo rey conocía y le ocultó). Aun aceptando la razón que asiste al duque (vv. 2578-2580), no sólo no le otorga el desafío, sino que evita hacer justicia y amenaza veladamente a Octavio:

> Gentilhombre de mi cámara
> es don Juan, y hechura mía (vv. 2603-2604).

> Mirad por él (vv. 2606).

Inmediatamente, este desorientado rey casamentero y grotesco, anuncia que se celebrarán las bodas previstas, entre ellas las del propio Octavio (v. 2612 «Vuestras bodas se han de hacer»). Pero ¿con quién se va a casar el pobre duque? El mismo don Alfonso, poco antes (vv. 2536 y sigs.) ha dispuesto las parejas Isabela/don Juan y Ana/Mota, despojando a Octavio de la novia destinada:

D. Alfonso.	Paréceme, don Diego, que hoy hagamos las bodas de doña Ana juntamente.
D. Diego.	¿Con Octavio?
D. Alfonso.	No es bien que el duque Octavio sea restaurador de aqueste agravio (vv. 2534-2536).

O el rey no sabe ya con quién casa a cada uno, o sigue eludiendo como puede las reclamaciones de Octavio, dejando que éste persista en la creencia de que doña Ana sigue siendo su prometida.

Al cabo, cuando se decide a castigar al burlador, la justicia ya ha sido hecha. Sin duda, este tema es importante en la concepción de la obra. Wardropper ha llegado a ver como tema central del Burlador el de la falibilidad de la justicia humana, que provoca la actuación de la justicia divina. Desde esta perspectiva el final no deja de ser ambiguo: el orden se restaura, aparentemente, en un doble movimiento: castigo de don Juan y bodas (símbolo tópico de la reorganización social y normalización de los impulsos eróticos dislocados por el burlador). El primero lo lleva a cabo Dios, por medio del comendador; el segundo lo dispone el rey. Casalduero interpreta este desenlace como signo esperanzador de que el orden divino sustenta y hace posible el orden humano. Ruiz Ramón cree, en cambio, que las bodas no restauran el orden, pues don Juan, como queda dicho en otro lugar, no es causa, sino efecto, de la corrupción general. Cada lector de la comedia elegirá su interpretación, pero no estaría de más recordar las ambiguas circunstancias de las bodas finales. Aminta, sin duda burlada y deshonrada, se casa con Batricio, que ahora la acepta (y que antes de su deshonra, por meras sospechas y miedo de don Juan, había repudiado); Tisbea, también infamada, se casa con Anfriso al parecer [8]. Si se argumenta que estos dos maridos plebeyos pueden aceptar sendas esposas deshonradas, véase el caso del desdichado Octavio:

OCTAVIO.   Pues ha enviudado Isabela
                quiero con ella casarme (vv. 2887-2888).

---

[8]   Algunos estudiosos creen que Tisbea queda sola, a diferencia de las tres mujeres restantes (Ruiz Ramón, por ejemplo, habla de la «triple boda»). Pero Batricio usa el plural («y nosotros con las nuestras», vv. 2889-2890) alusivo, sin duda, a él mismo con Aminta y Tisbea con Anfriso. Éste no interviene, pero en el texto de TL (que he aceptado en mi edición), Tisbea declara su intención de casarse con él, y el pescador la acompaña a la corte (vv. 2223 y sigs.). En la edición príncipe del BURLADOR se menciona también a Anfriso como acompañante de Tisbea, y todo parece sugerir que hay cuatro bodas.

¿Enviudado? Isabela no llega a celebrar sus bodas con don Juan, aunque viene a España para casarse. Y en Nápoles, aunque el burlador hizo promesa y entregó su mano (signo de firme y válido compromiso matrimonial), lo hizo en su personalidad fingida de Octavio. Dicho de otro modo: el entregar la mano en el matrimonio secreto es aceptación sólida, pero el engaño de don Juan lo hace nulo. Isabela nunca ha estado casada, no queda viuda, y siempre permanece deshonrada desde el código del honor que, se supone, rige en esta sociedad.

La única que ha eludido la infamia parece ser doña Ana de Ulloa, cuyo caso comentaré después.

En resumen, final problemático que deja sin resolver claramente el orden: la crítica social no termina con la acción de la comedia.

Poco más hace falta decir de los otros personajes responsables del orden social. Don Pedro miente al rey de Nápoles, acusa a Octavio sabiéndolo inocente, trabaja siempre en interés propio sin importarle la injusticia. Don Diego, demasiado indulgente con su hijo, podría aducir el amor paternal como disculpa, pero en todo caso es ejemplo de mal privado e injusto. Frente a Octavio (vv. 2580 y sigs.) llega a defender irracionalmente la nobleza de don Juan, acusado por el duque con buenos motivos. Su conducta no parece calificable de «correcta y leal», como generosamente le concede Rogers (*El burlador,* pág. 44).

Las mujeres de don Juan

Durante la acción de la comedia, don Juan burla a cuatro mujeres de distinta clase social y diversa caracterización, aunque todas coinciden en algún tipo de defecto que las hace, en parte, culpables de su propia deshonra. Isabela se entrega al que ella cree Octavio, profanando el palacio del rey, impulsada por la lascivia.

No hay en ella una gran pasión ni siente demasiado amor por Octavio. Su cinismo se hace evidente cuando permite que acusen al galán, pensando utilizar en su beneficio la presión del rey:

> Mi culpa
> no hay disculpa que la venza,
> mas no será el yerro tanto
> si el duque Octavio lo enmienda (vv. 187-190).

Tisbea, de la que algo he dicho antes, es un caso de orgullo extremo y cruel desdén con sus pretendientes: burladora burlada, el castigo de su vanidad es una especie de justicia poética que revela una sensualidad anteriormente disimulada. Aminta es personaje más cómico en su necia credulidad y en la grotesca ambición de un ascenso social imposible:

> Tan bien engañada está
> que se llama doña Aminta (vv. 2265-2266).

Doña Ana de Ulloa, de quien oímos la voz dentro, parece la única que se libra de los engaños de don Juan. El problema de la seducción de doña Ana ha dado lugar a una discusión crítica [9] que examina dos posibilidades:

a) Doña Ana sí ha caído en el engaño de don Juan, como se desprende del tono de sus quejas («¿No hay quien mate este traidor / homicida de mi honor?»,

---

[9] Véase V. Cabrera, «Doña Ana's seduction in *El burlador de Sevilla*», en *Bulletin of the Comediantes,* 26, 1974, págs. 49-51 (cree que sí ha sido seducida), y L. González del Valle, «Doña Ana's seduction in *El burlador de Sevilla*. A Reconsideration», en *Bulletin of the Comediantes,* 30, 1978, págs. 42-45 (cree que no lo ha sido). Ruano de la Haza, en el trabajo citado en la Bibliografía, resume y comenta las opiniones precedentes.

vv. 1561-1562), pero el burlador, frente a la muerte, intenta eludir el castigo con una mentira más, ahora exculpatoria:

> A tu hija no ofendí,
> que vio mis engaños antes (vv. 2789-2790).

b) Doña Ana, efectivamente, se ha dado cuenta del engaño antes de entregarse a don Juan. Lo que dice éste al comendador sería la verdad, como insiste Catalinón en el relato epilogal:

REY.	¿Qué dices?
CATALINÓN.	Lo que es verdad,
	diciendo antes que acabase
	que a doña Ana no debía
	honor, que le oyeron antes
	del engaño (vv. 2877-2881).

Ruano de la Haza (art. cit. en la Bibliografía) resume las opiniones sobre este punto y argumenta convincentemente en favor de la segunda posibilidad. Los estudiosos del BURLADOR parecen proclives a justificar este fracaso de don Juan concediendo a doña Ana un mayor grado de virtud que a sus compañeras, atribuyéndole verdadero amor por Mota y una legítima rebeldía ante el matrimonio impuesto por su padre. Con todo, creo dudoso que, al menos según se plantea en la comedia (cita nocturna con promesa de entrega total, etc.), esta rebelión ante las disposiciones paternas pueda ser considerada en el ámbito de la comedia seria áurea como algo positivo. La imprudencia de doña Ana al escribir su billete amoroso y no certificar mejor su destinatario (véase Lundelius, «Tirso's View of Women») resulta también un grave error. Es posible que su relativo triunfo sobre don Juan sirva para subrayar la categoría antagonista del comendador.

En conjunto, las mujeres del burlador participan de

los defectos morales y sociales que caracterizan a la mayoría de los personajes del drama.

El convidado de piedra

Respecto a don Gonzalo de Ulloa, aparte de su valor en las luchas contra el moro y los servicios prestados a su rey, poco sabemos en el primer tramo de la comedia. Sólo dos intervenciones relevantes: la descripción de Lisboa y la riña con don Juan. Su verdadera actuación comienza después de muerto, incorporando al personaje del convidado de piedra, como agente de la justicia divina que fulmina a don Juan. La figura del comendador ofrece para algunos críticos rasgos complejos y ambiguos. Ya Américo Castro encontraba traidora e indigna de un mensajero divino su conducta del final, cuando asegura de su miedo a don Juan antes de abrasarlo. Aubrun también veía contradictorios su hundimiento en el infierno junto con don Juan (caen los dos entre llamas) y su misión divina. Carlos Feal, sobre todo, ha insistido en los aspectos infernales del comendador, aceptando las tesis de Castro sobre la alevosía de don Gonzalo e interpretándolo como expresión de la crítica tirsiana contra el falso honor social: la condena de don Gonzalo, que Feal acepta, viene a representar la condena de una sociedad cimentada en un rígido y vacuo honor convencional (*En nombre de don Juan*, pág. 107). Ahora bien, los aspectos infernales de don Gonzalo [10] me parecen requeridos por la espectacularidad del castigo: si don Gonzalo arrastra al in-

---

[10]   Por ejemplo, los efectos que produce en don Juan («un infierno parecía», v. 2496; «de infernal respiración», v. 2181), los manjares de víboras, alacranes y vinagre (habituales en el lugar donde está, dice...), etc.

fierno a don Juan, no por eso (como hace observar Rogers, «Fearful Symmetry», pág. 144) hemos de interpretar que el propio don Gonzalo tiene que quedar condenado. Cualquier agente divino (un ángel vengador, por ejemplo) en caso análogo hubiese desempeñado una misión parecida con detalles semejantes. Las llamas, las víboras, los alacranes, son elementos atañederos a los castigos eternos e impuestos por la tradición folclórica de la doble invitación que he comentado al principio. El verso 2498 «No alumbres, que en gracia estoy» parece bastante claro. En su conjunto, la figura del comendador es quizá la única que destaca positivamente del resto, y el sentido de su función vindicativa había de resultar muy claro al espectador, que difícilmente lo vería afectado por ningún tipo de condena [11].

Catalinón, gracioso predicador

Al papel de confidente, ayudante y contraste que la economía dramática de la comedia del Siglo de Oro impone a la figura del gracioso, se suma en Catalinón el específico de consejero moral. Desempeña, pues, dos tareas fundamentales en EL BURLADOR: es la voz admonitoria que recuerda a don Juan la responsabilidad de sus pecados, justificando así las dimensiones del castigo final (una condenación verdaderamente extraña en el teatro aurisecular) y, en su función convencional de gracioso, provoca la risa del auditorio con una serie de

---

[11] A mi juicio, la simbología de alacranes y víboras podría remitir a una estancia purificadora en el Purgatorio, pues ha muerto violentamente sin confesión y dominado por la ira. Pero no creo aceptable la idea de una condena definitiva de don Gonzalo ni de una representación infernal.

recursos cuya topicidad no disminuiría su eficacia con el público coetáneo.

Ambos aspectos son muy evidentes en el desarrollo de la trama. Catalinón secunda las empresas de su amo por miedo a las amenazas y por oficio servil, pero muestra reiteradamente disconformidad (vv. 901-904, 1978 y sigs., 2280 y sigs., 2359 y sigs., etc.) y advierte a su señor:

> Tú pretendes que escapemos
> de una vez, señor, burlados,
> que el que vive de burlar
> burlado habrá de escapar
> pagando tantos pecados (vv. 1352-1356).

Algunos estudiosos ven en Catalinón la voz de la conciencia que don Juan ha expulsado de sí, o la de la Iglesia (Hughes, *op. cit.,* pág. 139) o incluso del propio Tirso [12], pero creo que no hace falta buscar identificaciones precisas: lo que importa es su función recordatoria. Tal cometido, eminentemente serio, se integra en el perfil cómico que exige el tipo del gracioso, con los acostumbrados medios provocantes a risa: rasgos del personaje, como la cobardía y la afición al vino, y discurso cómico ingenioso (conceptismo burlesco) que incluye invocaciones grotescas («Válgame la Cananea», v. 517; «San Panuncio, San Antón», v. 2368), metáforas cómicas con alusiones costumbristas («Maldito sea el vil sastre / que cosió el mar que dibuja / con astronómica aguja», vv. 545-548), chistes y juegos de palabras alusivos a los cuernos («Aquí está el duque, inocente / Sagitario de Isabela, / aunque mejor le diré / Capricor-

---

[12]   Otras observaciones interesantes sobre Catalinón hace Rodríguez López Vázquez en «Catalinón y los graciosos del teatro de Claramonte», en *Segismundo*, 39-40, 1984, págs. 115-134.

nio», vv. 1151-1154; «No daré por su mujer / ni por su honor un cornado», vv. 1790-1791); de tono escatológico («TISBEA. Aún respira. / CATALINÓN. ¿Por dónde? ¿Por aquí? TISBEA. Sí; / pues ¿por dónde? CATALINÓN. Bien podía / respirar por otra parte», vv. 559-562; «Ir de noche no quisiera / por esa calle cruel, / pues lo que de día es miel / entonces lo dan en cera», vv. 1517-1520); hipérboles eróticas grotescas («a tu lado forzaré / un tigre y un elefante. / Guárdese de mí un prior, / que si me mandas que calle / y le fuerce, he de forzalle / sin réplica, mi señor», vv. 1375-1380), etc. En las notas al texto procuro indicar las alusiones y juegos de palabras más significativos. De este lenguaje cómico participan también los galanes Mota y don Juan, en su conversación sobre las rameras sevillanas: aquí es el tema el que arrastra el registro lingüístico burlesco, aunque, en principio, el decoro de los personajes nobles se lo hubiese vedado en un drama serio.

Otros comparsas

No queda mucho por decir de otros personajes secundarios. Merecen, quizá, algunas palabras, cuatro más, dos nobles y dos plebeyos. El duque Octavio queda sometido a una observación irónica ridiculizadora. Repetidamente despojado de sus damas, sin conseguir oídos de ningún rey, acusado y desviado como importuno pretendiente, acaba por aceptar a Isabela, cuya deshonra es pública, mostrando una curiosa amplitud de criterios para un noble de su estamento. Frente a don Juan que, al menos, desarrolla un enérgico movimiento, destaca en Octavio una falta de vitalidad, una debilidad impulsiva que lo convierte en pieza suplente desechada a la menor ocasión. Mota es otro joven calavera noble, como don Juan, frecuentador disoluto de las mancebías sevillanas y de pocas luces mentales. Decidido a «dar

un perro» a una tal Beatriz momentos antes de acudir
a la cita con su amada doña Ana, es un pequeño apren-
diz de burlador que sufre los engaños de quien tiene
por amigo y a quien, imprudentemente, pondera la be-
lleza de su dama. El préstamo de la capa a don Juan
confirma su necedad entre las bromas irónicas de éste
y Catalinón:

> CATALINÓN.   Echaste la capa al toro.
> D. JUAN.   No, el toro me echó la capa
> (vv. 1548-1549).

De los plebeyos, Gaseno, padre de Aminta, responde
a la concepción cómica del villano grotescamente vanidoso de su buen pasar y de su cristianía vieja:

> GASENO.   Venga el Coloso de Rodas,
> venga el Papa, el Preste Juan,
> y don Alonso el Onceno
> con su corte, que en Gaseno
> ánimo y valor verán.
> Montes en casa hay de pan (1747-1752).
>
> Doña Aminta es muy honrada
> ....
> que cristiana vieja es
> hasta los güesos (vv. 2627, 2629-2630).

En cuanto a Batricio, de quien se suele resaltar igualmente el aspecto cómico (Rogers, *Burlador*, páginas 52-53), me parece a mí la más melancólica víctima
del burlador. Es frente a Batricio donde manifiesta don
Juan con más crudeza y menos escrúpulos su condición
abusiva y su prepotencia de noble bien estribado en el
favor del rey. Las amenazas de don Juan a Batricio no
admiten réplica:

> Esto pasa de esta suerte.
> Dad a vuestra vida un medio,

que le daré sin remedio
a quien lo impida, la muerte (vv. 1891-1894).

La respuesta del labrador no puede connotar ironía más amarga: «Si tú en mi elección lo pones» (v. 1895), dice a quien no le deja ninguna elección: o quitarle la mujer, o quitarle junto con ella la vida. Expulsado de su sitio en la mesa y cama nupcial, despojado de su novia, impotente ante el caballero, Batricio no puede sino refugiarse en una casuística de honor que no le corresponde, mientras don Juan goza los frutos de sus hazañas nada heroicas. Si hay un personaje en quien la crítica social contra la injusta actuación del poderoso pueda concentrarse, nadie mejor en El burlador de Sevilla que este desdichado Batricio.

Notas escénicas

El burlador de Sevilla, como toda pieza teatral, adquiere su total dimensión en el escenario. Numerosos aspectos escénicos dependen de los comediantes, especialmente del «autor» (en el sentido del Siglo de Oro, esto es, empresario y director de compañía teatral) [13], pero el poeta incluye siempre otros muchos datos en el texto dialogado o en las acotaciones, que guían la posible puesta en escena y conforman la espectacularidad de la obra.

Algunos de estos datos apuntan en El burlador a aspectos de ambientación, momento del día, lugar de la acción, condición social de los personajes, etc. Así, al comienzo, las palabras de Isabela («Quiero sacar una luz», vv. 9-10) y la aparición del rey «con una vela en

---

[13]   Los vestidos más o menos ricos, por ejemplo (de rey, de comendador de Calatrava, de pescadores o campesinos...), no hace falta especificarlos pero su función semiótica es principal.

un candelero» anuncian al espectador que la acción se desarrolla en la oscuridad nocturna. Tisbea sale con una caña de pescar en la mano y recoge a los náufragos «mojados» (rasgo verosimilizador de un naufragio que no se puede representar en escena y que es descrito verbalmente por Tisbea). Don Juan, cuando entabla otro engaño, invoca a las «estrellas que me alumbráis» (v. 1931): de nuevo la noche. Los labradores, en las bodas rústicas de Batricio y Aminta, cantan «Lindo sale el sol de abril», y con otras varias referencias sitúan la acción al amanecer...

En el segundo tramo de la comedia se intensifican los elementos espectaculares, visuales, de escenografía y gesto, sobre todo. Los gestos son importantes, por supuesto, en toda la pieza; recuérdense, entre otros particularmente significativos, la actitud de don Juan de rodillas ante su tío, las espaldas vueltas del rey ante Isabela, la acogida de don Juan por Tisbea (que lo pone en su regazo), etc. Pero en las escenas con el convidado de piedra se enriquecen mucho los sistemas de signos no verbales: primero se descubre la tumba de don Gonzalo, que la acotación no describe, pero que a juzgar por las palabras del rey en los versos 1662-1667 («en bronce y piedras varias / un sepulcro con un bulto / le ofrezcan, donde en mosaicas / labores, góticas letras / den lenguas a sus venganzas») hemos de suponer impresionante, por más que la realización escénica no cumpliera todos los requisitos de la proyección verbal. La estatua del comendador (representada seguramente por el mismo actor, quizá con ropas grises y máscara o algún signo lúgubre [14] es particularmente fértil en estos recursos: se anuncia con misteriosos golpes en la

---

[14] Véase, para completar algunas observaciones sobre el aspecto escénico, Rogers, *El burlador de Sevilla*, págs. 21-23, donde llega a sugerir el uso posible de un autómata para la estatua del comendador.

puerta, su movimiento es lento y rígido, no habla ape-
nas, sustituye la voz por los gestos, y cuando habla lo
hace en tono y modulación especiales, probablemente
un estertor grave. Véanse algunas acotaciones:

> *Sale al encuentro* D. GONZALO, *en la forma que
> estaba en el sepulcro, y* D. JUAN *se retira atrás
> turbado, empuñando la espada, y en la otra la
> vela, y* D. GONZALO *hacia él con pasos menudos
> y al compás* D. JUAN *retirándose hasta estar en
> medio del teatro.*

> *Hace señas la estatua que quiten la mesa.*

> *Paso, como cosa del otro mundo.*

> *Vase muy poco a poco mirando a* D. JUAN,
> *y* D. JUAN *a él, hasta que desaparece y queda*
> D. JUAN *con pavor.*

La concepción visual, plástica, de estas escenas es evidente, lo mismo que en la culminación del desenlace,
cuando el sepulcro con don Gonzalo y don Juan se
hunde entre llamas (v. 2802) por el escotillón o tram-
pilla habitual en el escenario del siglo XVII, con mucho ruido:

> *Húndese el sepulcro con* D. JUAN *y* D. GON-
> ZALO, *con mucho ruido y sale* CATALINÓN *arras-
> trando.*

Efectos teatrales que se completan con la música, muy
frecuente en la comedia: canciones de los pescadores
(vv. 981-984), de los campesinos (vv. 1676 y sigs.), se-
renatas que ofrece Mota a doña Ana (tras v. 1488:
«Sale EL MARQUÉS, de noche, con MÚSICOS, y pasea
el tablado y se entran cantando») o la misteriosa can-
ción que suena en el convite macabro y que expresa la
moraleja de la comedia:

(Cantan).   Adviertan los que de Dios
                      juzgan los castigos grandes,
                      que no hay plazo que no llegue
                      ni deuda que no se pague
                                          (vv. 2756-2759).

                      Mientras en el mundo viva
                      no es justo que diga nadie
                      «Qué largo me lo fiáis»
                      siendo tan breve el cobrarse
                                          (vv. 2764-2767).

La función de estas canciones (no mero adorno postizo,
sino comentario, contrapunto o compendio del sentido
de la acción) no requiere mayores subrayados.

FINAL

   Si la grandeza y talla heroicas de don Juan Tenorio,
burlador previo a su mito, queda, a mi juicio, bastante
en entredicho, no cabe dudar de su talla y poder dra-
máticos como personaje teatral de inigualable vigor.
Lanzado a las tablas por su creador (Tirso u otro), el
primer don Juan no sólo reclama los méritos de engen-
drador de tan larga descendencia; lejos del tópico de
supuestas imperfecciones y ruda improvisación, toda la
comedia es un ejemplo de espléndida eficacia escénica
y poética, como he intentado sugerir en mi intro-
ducción.
   Pero la loa debe terminar para que empiece la comedia. Dejemos a don Juan recomenzar sus aventuras.
Tiene prisa y menos tiempo del que supone.

EN TORNO AL TEXTO DE LA COMEDIA.
TRANSMISIÓN, AUTORÍA Y FECHA

El primer texto impreso que conocemos del BURLA-
DOR DE SEVILLA es el que se encuentra en el volumen
*Doce comedias nuevas de Lope de Vega Carpio y otros
autores,* Segunda parte, en Barcelona, por Gerónimo
Margarit, año de 1630. Cruickshank, en su artículo de
1981 demuestra que este tomo es en realidad facticio,
compuesto por desglosadas de ediciones anteriores, y
que publicó fraudulentamente en Sevilla Simón Faxardo, con la portada de las *Doce comedias nuevas.* EL
BURLADOR DE SEVILLA (atribuido en esta edición a
Tirso de Molina) y *Deste agua no beberé,* de Claramonte, que van juntas, proceden de una edición impresa por Manuel de Sande en Sevilla, probablemente
en 1627.

En 1878, el erudito Sancho Rayón descubre la edición titulada *Tan largo me lo fiáis,* suelta, sin indicación
de lugar ni año, probablemente impresa entre 1650-
1660 y atribuida, sin fundamento, a Calderón. Presenta
básicamente un texto como el del BURLADOR, pero con
importantes diferencias: el elogio de Lisboa que hace
don Gonzalo en el acto I de B no está en TL, donde
aparece, en cambio, una descripción de Sevilla, en el
acto II y en boca de don Juan. La escena entre don
Gonzalo y el rey está en octavas reales en TL, y en
versos blancos en B (más el romance de Lisboa). Otras
escenas presentan cambios textuales, intervención de
distintos personajes, diferencias en los nombres (en TL,
el padre de don Juan es don Juan Tenorio el viejo; en
B don Diego Tenorio; en TL aparecen Trisbea y Arminta, no Tisbea y Aminta...), etc. El problema consiste en determinar cuál es la relación entre B y TL.
Blanca de los Ríos, Wade, Sloman, María Rosa Lida,
Mayberry y otros se inclinan a ver en TL la versión
primera, de la que B sería una refundición imperfecta.

Xavier A. Fernández, Casalduero, Guenoun, L. Vázquez, por el contrario, consideran a B como obra original, imperfectamente reelaborada en TL. También se ha sugerido que TL, afectado de diversos cortes e incoherencias, debe de proceder de otra versión anterior del mismo TL, hoy desconocida (Rogers). Alfredo Rodríguez López Vázquez resume en el prólogo de su reciente edición crítica el estado de la cuestión, y a sus páginas remito para la descripción de los minuciosos detalles pertinentes. Los trabajos de X. A. Fernández, Wade y Mayberry, Lida y Sloman son, junto a los del propio Rodríguez López Vázquez, los hitos fundamentales de esta discusión que no puedo desarrollar ahora. Al menos provisionalmente podrían ser aceptables algunas de las hipótesis sobre la transmisión textual que propone Rodríguez López Vázquez. Debió de existir un original (luego me ocuparé de la autoría) que fue utilizado, por una parte, para la edición de TL (hacia 1650-1660, a nombre de Calderón y con diversos defectos y cambios); por otra, para una reelaboración que dio lugar al texto de B hacia 1619. Este texto de B se llevó a la escena por diversas compañías, y llegó a través de alguna copia defectuosa a manos del comediante Roque de Figueroa, copia que hacia 1626-1627 obtuvo el impresor Manuel de Sande, quien la publicó (1627-1629) junto con otras comedias (entre ellas *Deste agua no beberé*, de Claramonte) en un tomo que hoy se ha perdido. Desglosada de ese tomo pasó al volumen fraudulento que Simón Faxardo sacó en 1630 en Sevilla, con la portada de las citadas *Doce comedias de Lope*. El resto de las ediciones posteriores han tomado el modelo de la edición príncipe, abreviándola en muchos casos, y carecen, por tanto, de autoridad textual.

Tampoco se sabe con seguridad quién es el autor, ni de TL (la atribución a Calderón nunca ha sido tomada en serio) ni de las modificaciones que producen la versión de B, ni tampoco está demostrada la prioridad de

uno u otro texto. La mayoría de los críticos siguen con-
siderando a Tirso de Molina como responsable de la
comedia, según figura en la príncipe. Esta atribución es
el único documento explícito para defender tal autoría
y sabido es lo injustificado de muchas de estas atribu-
ciones en el siglo XVII. La resistencia a despojar a Tirso
(uno de los principales dramaturgos áureos) del BUR-
LADOR (una de las principales comedias del Siglo de
Oro) ha derivado a veces en disputas subjetivas y par-
cialidades apasionadas. Tampoco, a mi juicio, se ha llegado a conclusiones definitivas que permitan atribuirla
a otro ingenio (Andrés de Claramonte es el candidato
alternativo) y quitársela a la nómina tirsiana. En octu-
bre de 1987 la Editorial Reichenberger, de Kassel,
anuncia la preparación de un volumen, *Don Juan y El
burlador de Sevilla. Un certamen de ingenios,* donde se
recogerán las aportaciones de los estudiosos que deseen
terciar en la debatida cuestión. Esperemos sus solu-
ciones.

Un dato importante es la presencia en B (redondilla
inicial del III acto) de cuatro versos que también figu-
ran en *Deste agua no beberé,* de Claramonte, además
de algunos nombres comunes de personajes (Diego Tenorio, Juana Tenorio, Tisbea...). La relación entre B y
Claramonte está, pues, documentada. Gerald E. Wade,
en diversos trabajos (ver la Bibliografía) ha supuesto
que Tirso escribió TL y vendió el manuscrito a Claramonte, el cual refundiría la comedia dejándola en la
versión B. Rodríguez López Vázquez ha aplicado muchas argumentaciones a la demostración de la autoría
de Claramonte para todos los textos conocidos, especialmente en su edición crítica del BURLADOR, que publicó en 1987 bajo el nombre de Andrés de
Claramonte, y en su libro *Andrés de Claramonte y el
Burlador de Sevilla.* De los análisis de métrica, ono-
mástica de los personajes, rimas, estilemas diversos
(sustantivos yuxtapuestos, neologismos, motivo del ho-

nor, citas clásicas, refranes), temas y figuras como el burlador fugitivo, el amigo traidor, los avisos divinos; el léxico marino, la oposición luz/oscuridad, la concepción del gracioso y otros rasgos, concluye que «Claramonte es el autor de EL BURLADOR DE SEVILLA», y también de la que cree primera redacción (la de TL).

Los estudios de Rodríguez López Vázquez representan una contribución de importancia en este terreno, sugestiva, pero, con todo, a mi juicio, no suficientemente probatoria.

Para la datación de la comedia se han manejado algunas fechas apoyadas en argumentos varios, unos indiscutibles y otros hipotéticos. Quienes mantienen la autoría tirsiana indican como fecha probable de primera redacción 1616, cuando Tirso pasa por Sevilla camino de Santo Domingo, aunque es dudoso que en los pocos días que estuvo para embarcarse pudiera escribir la comedia. De todos modos no creo que los elementos sevillanos del B exijan de su autor un minucioso conocimiento de primera mano, y menos si tenemos en cuenta la abundancia de «materiales sevillanos» a disposición de cualquier lector en una época en que Sevilla, llamada a veces Babilonia (como Madrid) era un verdadero emporio, capital del tránsito de Indias y protagonista o fondo de muchas obras literarias. La versión B, en cualquier caso, con la inclusión del elogio a Lisboa, podría apuntar a 1619, año en que Felipe III hace un viaje a Portugal, poniendo de actualidad la materia lusitana. Otro dato interesante aporta el epílogo de la comedia. En TL el rey dispone que el sepulcro del comendador se traslade a San Juan de Toro. En B, a San Francisco de Madrid. Esta mención del convento de San Francisco, que hace suponer un interés especial en la citada iglesia madrileña, parece remitir al año de 1617 o inmediatamente posteriores. En 1617 se llevaba a cabo la renovación del edificio conventual, y se produjo un escándalo considerable con la remoción de los restos de Juana de Portugal, que estaba enterrada allí. La versión del BURLADOR podría datar, pues, de 1617-1619, probablemente de 1619. Y, desde luego, es anterior a 1625, año en que Fucilla («*El convidado de piedra* in Naples in 1625», en *Bulletin of the Comediantes*, X, 1958, págs. 5-6) ha documentado la representación en Nápoles del CONVIDADO DE PIEDRA, por el comediante Pedro Osorio.

Al final, como resume Rogers en su monografía sobre EL BURLADOR, no podemos estar seguros de quién escribió la primera obra en la que aparece don Juan, ni cuándo la escribió, ni qué escribió exactamente.

Nada de esto, sin embargo, impide que el texto del BURLADOR que ha llegado hasta nosotros sea una obra maestra del arte dramático universal, y don Juan uno de los mitos literarios más poderosos que hayan existido.

MI EDICIÓN

El texto que presento del BURLADOR DE SEVILLA procede fundamentalmente de la edición príncipe que he manejado en el ejemplar de *Doce comedias nuevas de Lope de Vega Carpio y otros autores*, de la Biblioteca Nacional de Madrid, signatura R 23136. La mayoría de las enmiendas que propongo las hago basándome en TL, del que llego a tomar en algún caso varios versos si el pasaje de B me parece demasiado complicado para admitir un subsanamiento eficaz sin largas e hipotéticas disquisiciones textuales, fuera de lugar en una edición (insisto) no crítica. He tenido también a la vista varias ediciones modernas, como las de A. Castro, Blanca de los Ríos, Guenoun, Wade y Hesse, Casalduero, Xavier A. Fernández, Rodríguez López Vázquez, que me han ayudado en la resolución de algunos puntos. No me es posible discutir en cada lugar las dimensiones de un problema ni las razones de mi elección. En el Apéndice textual señalo, no obstante, los puntos en los que me aparto de la príncipe, y en su caso, de dónde procede la enmienda. Detalles más completos sobre las dificultades que plantea el texto y las posibilidades de enmienda hallará el lector en los trabajos de X. A. Fernández y Rodríguez López Vázquez, citados en la Bibliografía y a los que remito.

Modernizo las grafías sin relevancia fonética, y en general sigo, también para acentuación y puntuación, los criterios expuestos en «Observaciones provisionales sobre la edición y anotación de textos del Siglo de Oro» (Ignacio Arellano y Jesús Cañedo), en *Edición y anotación de textos del Siglo de Oro*, Actas del Seminario Internacional, Pamplona, Eunsa, 1987 (editadas por J. Cañedo e I. Arellano, págs. 339-355).

Ya corregidas las pruebas de este libro sale publicada en la revista *Estudios*, Madrid, núms. 164-165, 1989, la edición crítica del BURLADOR, de L. Vázquez, que defiende a B como versión más auténtica y aporta numerosas notas textuales y explicativas. Lamento no haber podido manejar su edición en la preparación de la mía, que, sin duda, se hubiera beneficiado.

IGNACIO ARELLANO.

FAI Fondo per l'Ambiente Italiano
Sede legale: Milano, v. S. Pietro all'Orto 22
Segreteria generale: Milano, v. Coni Zugna 5

LEGGERE PREGO ▶

Nº   0127

Il biglietto è gratuito per gli aderenti
al Fondo per l'Ambiente Italiano.
L'entrata è consentita
fino a un'ora prima della chiusura.
Il biglietto deve essere conservato
per tutta la durata della visita
ed essere esibito a richiesta.

**La personalità giuridica
del Fondo per l'Ambiente Italiano
è stata riconosciuta con Decreto
del Presidente della Repubblica
3 dicembre 1975 n. 941.
Esente IVA (D.P.R. 633 art. 10, par. 22)**

APÉNDICE TEXTUAL

Recojo en la lista siguiente los lugares en los que mi edición se aparta de la lectura del texto de la príncipe (abrevio en P). Cuando opto por la de *Tan largo me lo fiáis* abrevio éste en TL. Las que creo erratas evidentes de P, las corrijo sin consignarlas en la lista.

25   P: «prended», pero debe rimar con el verso 28. La caída de la -d del imperativo es fenómeno usual.

26   Acota *Vase Isabela* en P; creo equivocada esta acotación aquí.

27-28   Atribuidos en P a don Juan.

31   TL: «si ando corto, andad vos largo», lectura que prefiere Rodríguez López Vázquez.

42-45   TL: «caballero soy. / El embajador de España / llegue solo», que parece mejor lectura a Rodríguez López Vázquez (no conviene a don Juan revelar datos sobre su identidad). Por otro lado, este motivo de la ponderación del orgullo español es usual y tampoco compromete de modo excesivo a don Juan.

72   En P: «basta», pero debe rimar con el verso 69, lo que impone la corrección.

78   P: «con ira, y fuerça estraña». Otra posible corrección es la que propone Rodríguez L. V.: «con ira y fiereza extraña».

121-123   Sigo a TL en estos versos, como Castro, Hesse y Wade, Rodríguez L. V. En P: «Ya executé, gran señor, / tu justicia justa y recta, / en el hombre. *Rey.* Murio? *d.P.* Escapose», con mal sentido y métrica defectuosa.

154   P: «del honor»

172   Otros editores corrigen el verso para mejorar la métrica. Lo dejo como en P; puede servir si suponemos hiato. Lo mismo hago en otras ocasiones de versos, quizá cortos, pero con posibilidad de hiatos.

206   P: «en pena»: la rima exige la enmienda. Véase la nota al texto.

213   P: «quieres», que hace verso largo.

214   P: «—Prosigue —Ya prosigo», verso corto. Las sueltas añaden «Ea», que aceptan muchos editores.

281   P: «y del».

317   P: «su honor»: enmiendo como TL.

318 y sigs.   Versos confusos que desorientan a la mayoría de los editores y a mí también. Véase comentario de Rodríguez L. V. Wade y Hesse toman los de TL.

390   P: «adora».

396   P: «al debil»; tomo lectura de TL.

401   P: «prenden».

408   P: «y ya en compañía de otras», verso posible pero con sinéresis muy forzada. Tomo el texto de TL.

421   P: «nidos, si no ay cigarras». Acepto la enmienda de Rodríguez L. V.

422   P: «o tortolillas».

429   P: «defiende», pero creo que el sujeto es *pescadores*.

438   P: «de todo en gracias todas».

447   P: «con ramos verdes».

473   P: «no ver, tratando enredos».

481   P: «al cebo», sigo a TL y sueltas.

498   La exclamación de dentro la consideran los editores (Guenoun, Rodríguez L. V., etc.) más acotación que verso y no se tiene en cuenta para la numeración. Rompe toda métrica. Yo la considero también como un inciso al margen del desarrollo versal.

516   P: «combida».

537-540   P: «A señor, elado està. / señor; si està muerto? / del mar fue este desconcierto, / y mio este desuario». Corrijo como TL.

598   P: «venir soñoliento».

599   P: «y mas de tanto».

645   P: «lo que nos», verso largo.

652   P: «pise el fuego, el ayre, el viento»; corrijo parcialmente según TL.

671   P: «que tu», tomo lectura de TL.
674   Rodríguez L. V. sugiere enmendar «donde guare-
cidos».
685   P: «caçadora»; sigo TL.
689   Falta en P. Lo tomo de TL.
695   Rodríguez L. V. sugiere enmendar por «encendéis»
(de amor, se comprende).
705   «el cielo» P, que me parece errata.
731   Así en P. Bastantes editores enmiendan «puerto»,
pero *cuarto* tiene una acepción náutica que podría convenir
aquí.
732   P: «esta de todo».
753   P: «Iobregas».
757   P: «contarlas»; la referencia al pintor Apeles asegura
la enmienda.
824   P: «el Rey».
840   P: «a el llegar».
849   P: «puestas».
873-874   P atribuye la intervención de don Gonzalo a don
Diego. Tras el 874 falta un verso.
945   P: «Y mientras Dios me dé vida», que no rima. Tomo
de TL el texto.
968   P: «que su fuego».
1050   P: «Señor, la Duquesa», corto.
1106   P: «y con perdon y gracia suya», mal medido. Tomo
lectura de ed. de «1649».
1115   «la verdad» P, que enmiendo por «beldad».
1116   «y el sol de ella es estrella de Castilla» en P. Adopto
TL.
1118   P: «Quando este viaje le enprendiera», que da verso
corto.
1153   P: «dixera» la rima exige enmienda, que tomo
de TL.
1167-1170   En P: «para que en ella os siruiera, / como yo
lo desseava. / Dexays mas, aunque es lugar / Napoles, tan
excelente», con defectos de rima y sentido. Tomo mi texto
de TL.
1180   P: «quereys».
1183   P: Falta la indicación *Octavio*, que aparece a la altura del verso 1184, atribuyéndole los versos que deben ser
de don Juan. En TL, bien.
1225   Falta en P. Lo tomo de TL.
1281-1284   Faltan en P; los tomo de TL.
1285   En TL: «estoy esperando».

1293   P: «Sigue los passos al Marques», verso largo. Las ediciones sueltas abreviadas dan la lectura que transcribo. Rodríguez L. V. enmienda «los pasos sigue al Marqués».

1295   P: «Ce, ce, a quien digo», que hace verso largo.

1356   Falta en P. Lo tomo de TL, como la mayoría de editores.

1376   P: «vn tiger, vn elefante».

1403   P: «essos braços», pero la métrica es defectuosa. Cfr. verso 1408.

1471   P: «propria», forma usual en el XVII, pero que rompe la rima aquí.

1490   P tras este: *«Mot.* Como yo a mi bien goze / nunca llegue á amanecer.» Véase la edición de Rodríguez L. V., páginas 41-47 para un comentario sobre los problemas del pasaje.

1508   TL: «de Sevilla», lectura que acepta Rodríguez L. V.

1511   P: «anda embuelto en portugues».

1514   P: «au[n]que en bocados»; corrijo según TL, como muchos editores.

1515   P: «son ducados», corrijo basándome en TL.

1522   P: «sobre mi ventana», corrijo con TL, como impone la rima.

1545   Verso suelto. Para los problemas textuales relativos a este punto, véase Rodríguez L. V.

1553   Falta en P; lo tomo de TL.

1569-1571   Sentido y sintaxis confusos. En TL: «de la torre de ese honor / que has combatido, traidor, / donde era alcaide la vida».

1582-1586   En P: «Huyamos. *d.Gon.* La sangre fria / con el furor aumentaste. / Muerto soy, no ay bien que aguarde, / seguirate mi furor, / que es traydor, y el que es traidor». Versos confusos que sustituyo, como muchos editores anteriores, por los de TL.

1590   En TL: «pensión», que sería, seguramente, lectura aceptable.

1601-1611   P: «quexosa de mi. *d.Iu.* A Dios / Marques. *Cat.* A fe que los dos / mal pareja han de correr. / *d.Iu.* Huyamos. *Cat.* Señor no aurá / aguila que a mi me alcance. / *Vanse y queda el Marques de la Mota.* / *Mot.* Vosotros os podeys yr, / porque quiero yr solo». Texto con mucha confusión y defectos métricos, que sustituyo por el de TL.

1628 Las palabras de Mota se atribuyen en P a don Gonzalo.

1641-1643 P: «*Mot.* Gran señor, vuestra Alteza / a mi me manda prender? / *Rey.* Leualde luego, y ponelde», con defectos de rima. Tomo el texto de TL.

1692-1715 Los tomo de TL. Tras el verso 1691 en P: «*Gase.* Muy bien lo aueys solfeado, / no ay mas sones en los Kyries. / *Batr.* Quando con sus labios tirres, / buelue en purpura los labios, / saldran, aunque vergonçosas, / afrentando el sol de Abril», pasaje difícilmente subsanable. Modifico y corrijo alguna lectura de TL (por ejemplo, en TL aparece *Arminta*), sobre P.

1720 Falta en P. Lo tomo de TL.

1724 En P abrevia «Lindo sale el sol.&c.».

1733 P: «No es esse don Iuan».

1785 P: «y ignorancia perdonad».

1799 En este pasaje hay laguna. TL: «—Hermosas manos teneis / para esposa de un villano. *Catalinon.* Si al juego le dais la mano, / vos la mano perdereis. / *Batricio.* Celos, muerte no me deis».

1815 P: «relox y cuydado».

1947 Falta en P; lo tomo de TL.

1988 P: «en cecina». Puede ser chiste del gracioso, pero creo preferible la lectura de TL.

1995 P: «que ay tras la muerte imperio». La corrección que propuso Hartzenbusch me parece aceptable. Rodríguez L. V. conserva *imperio* interpretando «tras la muerte sigue habiendo un poder que juzga».

2022 P: «las obras».

2060 P: «se olvida». Adopto TL.

2065 P: «el Rey».

2077 P: «confirmado».

2122 P: «el amor en el alma, y en los ojos», que sustituyo por el texto de TL.

2128 P: «tiempo socorre»; muchos editores enmiendan «riesgo se corre».

2132 P: «*Isab.* Donde estamos? *Fab.* En Tarragona», corto.

2140 P: «de Tenorio»; acepto, como otros editores, la enmienda de Hartzenbusch que subsana una rima demasiado pobre y poco creíble.

2164 P: «hallò carrera», que rompe rima. Hartzenbusch enmendó como queda.

2180   P: «dandole mil graznidos a las aves». Véase el comentario de Rodríguez L. V. para esta enmienda.
2188   «A Sevilla» falta en P.
2214 y sigs. Pasaje corrompido en P: *«Isab.* prosigue el cuento. / —La dicha fura mia / —¡Mal aya la muger que en hombres fia: / quien tiene de yr contigo? / —Vn pescador Anfriso, un pobre padre / de mis males testigos. / —No ay vengança que a mi mal tanto le quadre, / ven en mi compañía». Los 2214-2232 los tomo de TL.
2235   P: «enmaletado».
2240   P: «dize al fin que el».
2242   P: «fue fingido y dissimulado».
2250   P: «tantos disparates juntos», que rompe la rima.
2251   Falta en P; lo tomo de TL.
2257   P: *«Cat.* En la calle oculta: *d. Iu.* Bien.». Sigo a TL.
2288   P: «y aunque».
2320   P atribuye a Catalinón la intervención del criado.
2348   P: «Quien te tiene, quien te tiene?», que rompe la rima.
2399   P: «sino se reside alli».
2400   P: «de beber», pero la rima pide enmendar, como hacen Hesse y Wade y Rodríguez L. V.
2433   P: «Essa, señor, ya no es».
2487   P: «Y yo lo creo, a Dios», corto.
2503   P: «que da la».
2544   P: «y por su satisfacion».
2551   P: «podeys Octauio».
2572   P: «Sabes que».
2631   Tras éste, falta un verso en todas las ediciones antiguas.
2649   P: «teneys», con defecto de rima.
2670   P: «despierta la debil caña», con mala rima y mal sentido. Corrijo basándome en TL, como la mayoría de editores modernos.
2672   P: «Sin falta. *Ca.* Fiambres».
2672 y sigs. Pasaje muy deturpado en P. Véase el comentario de Rodríguez L. V.
2674   P: «señor, engañado a tantas», que rompe rima. Acepto la enmienda de Rodríguez L. V.
2683   P: «llaman mal».
2707   P: *«d. Iu.* Si *Cat.* Dios, en paz»; corto. Acepto enmienda de Hartzenbusch, como otros editores.
2727   Tras éste, falta un verso para la asonancia.
2740   P: «Sientate. —Yo señor», corto.

2763 P: «me abrasa».

2832 P: «dize verdad».

2834 P: «Pues no lo sabe», verso corto.

2839 Tras éste, falta uno en P.

2848 Tras éste falta un verso en la serie asonantada.

2855 P: «Señores escuchad, oyd»; verso largo. Tomo lectura de TL.

2888 P: «Y yo con», que hace verso largo.

BIBLIOGRAFÍA

PRINCIPALES EDICIONES DE LA COMEDIA

El burlador de Sevilla y combidado de piedra, en *Doze Comedias Nuevas de Lope de Vega Carpio y otros autores*, Segunda parte, Barcelona, Gerónimo Margarit, 1630 (desglosada de un volumen editado en Sevilla por Manuel de Sande).

Tan largo me lo fiays, suelta, sin lugar ni año.

El burlador de Sevilla y combidado de Piedra, en el facticio *El mejor de los mejores libros que han salido de Comedias nuevas,* Madrid, María de Quiñones, 1653.

El burlador de Sevilla y Combidado de piedra, en *Sexta Parte de comedias nuevas escogidas de los mejores ingenios*, Zaragoza, Herederos de Pedro Lanaja, 1654.

El burlador de Sevilla y Combidado de Piedra, en la falsa *Parte Sexta de Comedias de los mejores ingenios de España*; el ejemplar de la Biblioteca Nacional de Madrid tiene a mano la fecha de 1649, pero la suelta original la editó J. F. de Blas en Sevilla, 1673.

El burlador de Sevilla, en *Obras* de Tirso, ed. A. Castro, Madrid, La Lectura, 1910 (luego varias reediciones con modificaciones en Clásicos Castellanos).

El burlador de Sevilla, en *Obras dramáticas completas* de Tirso, ed. Blanca de los Ríos, Madrid, Aguilar, 1952, tomo II.

El burlador de Sevilla, ed. de J. E. Varey y N. D. Shergold, Cambridge, 1954.

El burlador de Sevilla, ed. bilingüe de P. Guenoun, París, Aubier & Montaigne, 1962.

El burlador de Sevilla y Convidado de Piedra, ed. G. E. Wade, Nueva York, Charles Scribner's Son, 1969.

El burlador de Sevilla y Convidado de piedra, ed. J. Casalduero, Madrid, Cátedra, 1977 (varias reediciones).

El burlador de Sevilla y Convidado de Piedra, ed. de G. E. Wade y E. W. Hesse, Salamanca, Almar, 1978.

El burlador de Sevilla y convidado de piedra, ed. Xavier A. Fernández, Madrid, Alhambra, 1982.

El burlador de Sevilla (junto a *La prudencia en la mujer)*, ed. de J. M. Oliver, Barcelona, Plaza y Janés, 1984.

ANDRÉS DE CLARAMONTE: *El burlador de Sevilla*, atribuido tradicionalmente a Tirso de Molina, ed. de A. Rodríguez López Vázquez, Kassel, Reichenberger, 1987.

ESTUDIOS

AGHEANA, J. T.: *The situational drama of Tirso de Molina*, Madrid, Playor, 1973.

AGHEANA, J. T., y SULLIVAN, H.: «The Unholy Martyr: Don Juan's Misuse of Intelligence», en *Romanisches Forschungen*, 81, 1969, 311-325.

ARIAS, J. H.: *Toward a theory of the Don Juan Myth*, Tesis University of North Carolina at Chapel Hill, 1987.

AUBRUN, Ch. V.: «Le Don Juan de Tirso de Molina: Essai d'interpretation», en *Bulletin Hispanique*, 59, 1957, 26-61.

BROWN, S. L.: «Lucifer and *El burlador de Sevilla»,* en *Bulletin of the Comediantes*, 26, 1974, 63-64.

CASALDUERO, J.: *Contribución al estudio del tema de*

don Juan en el teatro español, Madrid, Porrúa Turan-
zas, 1975.

CASALDUERO, J.: «El desenlace del *Burlador de Sevilla*», en *Estudios sobre el teatro español*, Madrid,
Gredos, 1981.

CASALDUERO, J.: *«El burlador de Sevilla*: sentido y
forma», en las actas del coloquio *Teoría y realidad en
el teatro español del siglo XVII*, Roma, Instituto Español de Cultura y Literatura, 1981, 215-224.

CRUICKSHANK, D. W.: «The First edition of *El burlador de Sevilla*», en *Hispanic Review*, 49, 1981, 443-467.

DURÁN, M., y GONZÁLEZ ECHEVARRÍA, R.: «Luz y
oscuridad: la estructura simbólica de *El burlador de
Sevilla*», en *Homenaje a W. Fichter*, Madrid, Castalia,
1971, 201-209.

EBERSOLE, A. V.: *Disquisiciones sobre el Burlador de
Sevilla*, Salamanca, Almar, 1980.

EGIDO, A.: «Sobre la demonología de los burladores»,
en *Iberoromania*, 26, 1987, 19-40.

EVANS, P. W.: «The Roots of Desire in *El burlador de
Sevilla*», en *Forum for Modern Language Studies*, 22,
1986, 232-247.

FEAL, C.: *En nombre de don Juan. Estructura de un
mito literario*, Amsterdam-Philadelphia, J. Benja-
mins, 1984.

FERNÁNDEZ, X. A.: «En torno al texto de *El burlador
de Sevilla y convidado de piedra*», en *Segismundo*, 9-14,
1969-71, 7-417.

FERNÁNDEZ TURIENZO, F.: *«El burlador:* mito y realidad», en *Romanisches Forschungen*, 86, 1974, 265-
300.

GENDARME DE BÉVOTTE, G.: *La légende de Don Juan*,
París, 1911.

GUENOUN, P.: «Crimen y castigo en *El burlador de Sevilla*», en *Homenaje a Tirso, Estudios*, 1981, 381-392.

HESSE, E. W.: «Estudio psicoliterario del doble en
cinco comedias de Tirso de Molina», en *Homenaje a
Tirso, Estudios*, 1981, 269-281.

HESSE, E. W.: «Tirso's Don Juan and the Opposing Self», en *Bulletin of the Comediantes*, 33, 1981, 3-7.

HORST, R.: «On the character of Don Juan in *El burlador de Sevilla*», en *Segismundo*, 17-18, 1973, 33-42.

LIDA DE MALKIEL, M. R.: «Sobre la prioridad de *Tan largo me lo fiáis*. Notas al *Isidro* y al *Burlador de Sevilla*», en *Estudios de literatura española y comparada*, Buenos Aires, Eudeba, 1969, 203-220.

LÓPEZ ESTRADA, F.: «Rebeldía y castigo del avisado Don Juan», en *Anales de la Universidad Hispalense*, 12, 1951, 109-131.

LUNDELIUS, R.: «Tirso's view of Women in *El burlador de Sevilla*», en *Bulletin of the Comediantes*, 27, 1975, 5-14.

MACKAY, D.: *The Double Invitation in the Legend of Don Juan*, Stanford Univ. Press, 1943.

MÁRQUEZ VILLANUEVA, F.: «Nueva visión de la leyenda de don Juan», en *Aureum Saeculum, Homenaje a H. Flasche*, Wiesbaden, 1983, 203-216.

MAUREL, S.: *L'Univers dramatique de Tirso de Molina*, Poitiers, Université, 1971.

MENÉNDEZ PIDAL, R.: «Sobre los orígenes del *Convidado de piedra*», en *Estudios literarios,* Madrid, Espasa-Calpe, 1968, 67-88.

MOLHO, M.: «Sur le discours idéologique du *Burlador de Sevilla*», en *L'idéologique dans le texte,* Toulouse, Université, 1978, 319-340.

NAVARRETE, R. D.: «Don Juan: el impulso destructor», en *Bulletin of the Comediantes,* 21, 1969, 45-52.

RODRÍGUEZ, A.: «Tirso's Don Juan as a Social Rebel», en *Bulletin of the Comediantes,* 30, 1978, 46-55.

RODRÍGUEZ LÓPEZ VÁZQUEZ, A.: *Andrés de Claramonte y el Burlador de Sevilla*, Kassel, Reichenberger, 1987.

RODRÍGUEZ LÓPEZ VÁZQUEZ, A.: «Aportaciones críticas a la autoría del Burlador de Sevilla», en *Criticón*, 40, 1987, 5-44.

ROGERS, D.: «Fearful Symmetry: the ending of *El Burlador de Sevilla*», en *Bulletin of Hispanic Studies*, 41, 1964, 141-159.

ROGERS, D.: *Tirso de Molina: El burlador de Sevilla*, Londres, Tamesis books & Grant & Cutler, 1977.

RUANO DE LA HAZA, J.: «Doña Ana's Seduction in *El burlador de Sevilla:* further evidence against», en *Bulletin of the Comediantes*, 32, 1980, 131-133.

RUIZ RAMÓN, F.: «Don Juan y la sociedad de *El burlador de Sevilla*», en *Estudios de teatro español clásico y contemporáneo*, Madrid, Cátedra-March, 1978, 71-96.

SAID ARMESTO, V.: *La leyenda de Don Juan*, Madrid, Espasa-Calpe, 1968.

SINGER, A.: *The Don Juan Theme. Versions and Criticism. A Bibliography*, West Virginia Univ., 1965 (varios suplementos en *West Virginia University Bulletin*, 1966, 1970, 1973, 1975).

SINGER, A.: «Don Juan's women in *El burlador de Sevilla*», en *Bulletin of the Comediantes*, 33, 1981, 67-71.

SLOMAN, A. E.: «The two versions of *El burlador de Sevilla*», en *Bulletin of Hispanic Studies*, 42, 1965, 18-33.

SULLIVAN, H. W.: *Tirso de Molina and the Drama of the Counter Reformation*, Amsterdam, Rodopi, 1976.

TRUBIANO, M. F.: *Libertad, gracia y destino en el teatro de Tirso de Molina*, Madrid, Alcalá, 1985.

VAREY, J. E.: «Social Criticism in *El burlador de Sevilla*», en *Theatre Research International*, 2, 1977, 197-221.

VÁZQUEZ, A.: «Lectura psicológica de *El burlador de Sevilla y convidado de piedra* de Tirso», en *Homenaje a Tirso, Estudios*, 1981, 283-336.

VITSE, M.: «Don Juan o temor y temeridad. Algunas

observaciones más sobre *El burlador de Sevilla*», en *Caravelle*, 13, 1969, 63-82.

VITSE, M.: «La descripción de Lisboa en *El burlador de Sevilla*», en *Criticón*, 2, 1978, 21-41.

WADE, G.: «The character of Don Juan of *El burlador de Sevilla*», en *Hispanic Studies in Honor of Nicholson B. Adams*, Chapel Hill, University of North Carolina, 1966, 167-178.

WADE, G.: «The Autorship and date of composition of *El burlador de Sevilla*», en *Hispanófila*, 32, 1968, 1-22.

WADE, G.: «Para una comprensión del tema de Don Juan y *El burlador*», en *Revista de Archivos, Bibliotecas y Museos*, 77, 1974, 665-708.

WADE, G., y MAYBERRY, R. J.: «*Tan largo me lo fiáis* and *El burlador de Sevilla y convidado de piedra*», en *Bulletin of the Comediantes*, 14, 1962, 1-16.

WARDROPPER, B.: «*El burlador de Sevilla:* A tragedy of Errors», en *Philological Quarterly*, 36, 1957, 61-71.

WARDROPPER, B.: «El tema central del *Burlador de Sevilla*», en *Segismundo*, 17-18, 1973, 9-16.

WEINSTEIN, L.: *The Metamorphoses of Don Juan*, Stanford Univ. Press, 1959.

EL BURLADOR DE SEVILLA
Y
CONVIDADO DE PIEDRA

COMEDIA FAMOSA DEL MAESTRO
TIRSO DE MOLINA

Representóla Roque de Figueroa *

---

* *Roque de Figueroa:* famoso representante de comedias en el siglo XVII, hasta su muerte en 1651.

HABLAN EN ELLA LAS PERSONAS SIGUIENTES

D. DIEGO TENORIO, *viejo*
D. JUAN TENORIO, *su hijo*
CATALINÓN, *lacayo*
EL REY DE NÁPOLES
EL DUQUE OCTAVIO
D. PEDRO TENORIO
EL MARQUÉS DE LA MOTA
D. GONZALO DE ULLOA
EL REY DE CASTILLA
[DOÑA ANA DE ULLOA]

FABIO, *criado*
ISABELA, *duquesa*
TISBEA, *pescadora*
BELISA, *villana*
ANFRISO, *pescador*
CORIDÓN, *pescador*
GASENO, *labrador*
BATRICIO, *labrador*
RIPIO, *criado*
[AMINTA, *villana*]

[Otros acompañantes, guardas, músicos, enlutados, criados, etc.]

JORNADA PRIMERA

Salen D. Juan Tenorio *y* Isabela, *duquesa*

Isabela.	Duque Octavio, por aquí
	podrás salir más seguro.
D. Juan.	Duquesa, de nuevo os juro
	de cumplir el dulce sí.
Isabela.	¿Mis glorias serán verdades, 5
	promesas y ofrecimientos,
	regalos y cumplimientos,
	voluntades y amistades?
D. Juan.	Sí, mi bien.
Isabela.	Quiero sacar
	una luz.
D. Juan.	Pues, ¿para qué? 10
Isabela.	Para que el alma dé fe
	del bien que llego a gozar.
D. Juan.	Mataréte la luz yo.

---

⁵ *mis glorias:* algunos editores prefieren leer «mi gloria», referido a don Juan (en el v. 9 don Juan llama a Isabela «mi bien») para evitar la confusa sintaxis del pasaje. El «dulce sí» del verso anterior alude, claro, al matrimonio prometido por don Juan antes de poseer a Isabela.

¹³ *matar la luz:* apagarla. La escena, ha de imaginar el auditorio, se desarrolla en la oscuridad, aunque las representaciones en los corrales del XVII se hacían a pleno sol, hacia las cuatro de la tarde.

Isabela.	¡Ah, cielo! ¿Quién eres, hombre?
D. Juan.	¿Quién soy? Un hombre sin nombre. 15
Isabela.	¿Que no eres el duque?
D. Juan.	No.
Isabela.	¡Ah de palacio!
D. Juan.	Detente;
	dame, duquesa, la mano.
Isabela.	No me detengas, villano.
	¡Ah, del rey! ¡Soldados, gente! 20

Sale El Rey de Nápoles *con una vela en un candelero*

Rey.	¿Qué es esto?
Isabela.	¡El rey! ¡Ay triste!
Rey.	¿Quién eres?
D. Juan.	¿Quién ha de ser?
	Un hombre y una mujer.
Rey.	Esto en prudencia consiste.
	¡Ah, de mi guarda! Prendé 25
	a este hombre.
Isabela.	¡Ay, perdido honor!

Sale D. Pedro Tenorio, *embajador de España,*
y Guarda

D. Pedro.	¡En tu cuarto, gran señor,
	voces! ¿Quién la causa fue?

---

²⁵ *prendé:* forma usual del imperativo en el XVII, con caída de la
d final. En la primera edición viene «prended», pero la rima exige la
enmienda.
²⁷ *cuarto:* no se refiere a una sola habitación, sino a un conjunto
de aposentos que ocupa alguien dentro de un edificio.

REY.   Don Pedro Tenorio, a vos
                       esta prisión os encargo.   30
                       Siendo corto, andad vos largo:
                       mirad quién son estos dos.
                       Y con secreto ha de ser,
                       que algún mal suceso creo,
                       porque si yo aquí lo veo   35
                       no me queda más que ver.   (Vase.)

D. PEDRO.   ¡Prendelde!

D. JUAN.   ¿Quién ha de osar?
                       Bien puedo perder la vida,
                       mas ha de ir tan bien vendida,
                       que a alguno le ha de pesar.   40

D. PEDRO.   ¡Matalde!

D. JUAN.   ¿Quién os engaña?
                       Resuelto en morir estoy,
                       porque caballero soy
                       del embajador de España.
                       Llegue; que solo ha de ser   45
                       quien me rinda.

---

³¹ *corto, largo:* interpreto: 'siendo vos corto (haciendo el encargo sin dilación, breve) sed largo (astuto, listo, pronto, expedito); o sea, averiguad todo rápido y con discreción y astucia, para evitar el escándalo'.

³⁵⁻³⁶ Américo Castro y la mayoría de editores interpretan: 'sería el colmo del escándalo que yo viera estas infamias'. Parece también que el rey quiere obrar con discreción, antes de saber quiénes son los culpables, porque si él mismo los ve no tendrá más remedio que aplicar un castigo fulminante que quizá fuera mejor evitar si los protagonistas son, como se supone, gente de calidad y nobleza.

³⁷ *prendelde:* forma con metátesis *(prendedle)* muy frecuente en la época y en la comedia, que no anotaré en lo sucesivo.

⁴⁶ Verso que muchos editores modernos consideran corto y enmiendan añadiendo al principio "él". Podría aceptarse la medida de la primera edición suponiendo un hiato (bastante violento, ciertamente). Dejo la lectura de la príncipe como en otras ocasiones de versos posiblemente cortos.

D. PEDRO.   Apartad;
                    a ese cuarto os retirad
                    todos con esa mujer.   [Vanse.]
                          Ya estamos solos los dos;
                    muestra aquí tu esfuerzo y brío.   50
D. JUAN.   Aunque tengo esfuerzo, tío,
                    no le tengo para vos.
D. PEDRO.   ¡Di quién eres!
D. JUAN.   Ya lo digo:
                    tu sobrino.
D. PEDRO.   (¡Ay, corazón,
                    que temo alguna traición!)   55
                    ¿Qué es lo que has hecho enemigo?
                          ¿Cómo estás de aquesa suerte?
                    Dime presto lo que ha sido.
                    ¡Desobediente, atrevido!
                    Estoy por darte la muerte.   60
                          Acaba.
D. JUAN.   Tío y señor,
                    mozo soy y mozo fuiste;
                    y pues que de amor supiste,
                    tenga disculpa mi amor.
                          Y pues a decir me obligas   65
                    la verdad, oye y diréla:
                    yo engañe y gocé a Isabela
                    la duquesa ...
D. PEDRO.   No prosigas;
                    tente. ¿Cómo la engañaste?
                    Habla quedo y cierra el labio.   70
D. JUAN.   Fingí ser el duque Octavio.
D. PEDRO.   No digas más, calla, baste.

---

[67] *gozar:* en el Siglo de Oro es ejercer el acto sexual, o como
dice el *Diccionario de Autoridades,* tener congreso carnal con una
mujer.

[Ap.]
(Perdido soy si el rey sabe
este caso. ¿Qué he de hacer?
Industria me ha de valer   75
en un negocio tan grave.)
    Di, vil, ¿no bastó emprender
con ira y con fuerza extraña
tan gran traición en España
con otra noble mujer,   80
    sino en Nápoles también
y en el palacio real
con mujer tan principal?
¡Castíguete el cielo, amén!
    Tu padre desde Castilla   85
a Nápoles te envió,
y en sus márgenes te dio
tierra la espumosa orilla
    del mar de Italia, atendiendo
que el haberte recebido   90
pagaras agradecido,
¡y estás su honor ofendiendo
    y en tan principal mujer!
Pero en aquesta ocasión
nos daña la dilación;   95
mira qué quieres hacer.

D. JUAN.   No quiero daros disculpa,
que la habré de dar siniestra.
Mi sangre es, señor, la vuestra;
sacalda, y pague la culpa.   100
    A esos pies estoy rendido,
y ésta es mi espada, señor.

D. PEDRO.   Álzate y muestra valor,
que esa humildad me ha vencido.

---

⁷⁵ *industria:* ingenio, inteligencia, capacidad de maquinar alguna traza ingeniosa, y la misma maquinación.
⁸⁹⁻⁹¹ 'Nápoles creyó que pagarías con agradecimiento y buena conducta el haberte dado acogida.'

	¿Atreveráste a bajar	105
	por ese balcón?	
D. JUAN.	Sí atrevo,	
	que alas en tu favor llevo.	
D. PEDRO.	Pues yo te quiero ayudar.	
	Vete a Sicilia o Milán,	
	donde vivas encubierto.	110
D. JUAN.	Luego me iré.	
D. PEDRO.	¿Cierto?	
D. JUAN.	Cierto.	
D. PEDRO.	Mis cartas te avisarán	
	en qué para este suceso	
	triste, que causado has.	
D. JUAN.	[*Ap.*]	
	(Para mí alegre, dirás.)	115
	Que tuve culpa, confieso.	
D. PEDRO.	Esa mocedad te engaña.	
	Baja, pues, ese balcón.	
D. JUAN.	[*Ap.*]	
	(Con tan justa pretensión	
	gozoso me parto a España.)	120

Vase D. JUAN *y entra* EL REY

D. PEDRO.	Ejecutando, señor,	
	lo que mandó vuestra alteza,	
	el hombre...	
REY.	¿Murió?	
D. PEDRO.	Escapóse	
	de las cuchillas soberbias.	
REY.	¿De qué forma?	
D. PEDRO.	Desta forma:	125
	aun no lo mandaste apenas,	

---

[124]   *cuchillas:* en pasajes de tono épico o que quieren adoptar ese
tono, es frecuente este vocablo por «espadas».

        cuando sin dar más disculpa,
        la espada en la mano aprieta,
        revuelve la capa al brazo,
        y con gallarda presteza,   130
        ofendiendo a los soldados
        y buscando su defensa,
        viendo vecina la muerte,
        por el balcón de la huerta
        se arroja desesperado.   135
        Siguióle con diligencia
        tu gente; cuando salieron
        por esa vecina puerta
        le hallaron agonizando
        como enroscada culebra.   140
        Levantóse, y al decir
        los soldados: «¡Muera, muera!»,
        bañado de sangre el rostro,
        con tan heroica presteza
        se fue, que quedé confuso.   145
        La mujer, que es Isabela,
        —que para admirarte nombro—
        retirada en esa pieza,
        dice que es el duque Octavio
        que con engaño y cautela   150
        la gozó.

REY.   ¿Qué dices?
D. PEDRO.   Digo
        lo que ella propia confiesa.
REY.   ¡Ah, pobre honor! Si eres alma
        del hombre, ¿por qué te dejan
        en la mujer inconstante,   155

---

[129]   *capa:* como no lleva escudo (los caballeros solían protegerse con un broquel o escudo pequeño) se arrolla la capa al brazo para que le sirva de defensa parando los golpes del contrario.

[150]   *cautela:* traición, engaño, conducta doble y simulada.

si es la misma ligereza?
¡Hola!

Sale un CRIADO

CRIADO. Gran señor.
REY. Traed
delante de mi presencia
esa mujer.
D. PEDRO. Ya la guardia
viene, gran señor, con ella. 160

Trae la guarda a ISABELA

ISABELA. ¿Con qué ojos veré al rey?
REY. Idos y guardad la puerta
de esa cuadra. Di, mujer,
¿qué rigor, qué airada estrella
te incitó, que en mi palacio, 165
con hermosura y soberbia,
profanases sus umbrales?
ISABELA. Señor...
REY. Calla, que la lengua
no podrá dorar el yerro
que has cometido en mi ofensa. 170
¿Aquél era el duque Octavio?
ISABELA. Señor...
REY. No importan fuerzas,
guardas, criados, murallas,

---

163 *cuadra:* habitación, aposento, sala.
165 *airada estrella:* '¿qué impulso violento te incitó?'. Alude a la influencia que se suponía tenían los astros en la conducta humana: alguna estrella furiosa ha impulsado a Isabela para un comportamiento tan indigno.
169 *yerro:* nótese el juego de palabras 'metal' (de ahí el «dorarlo») y 'error'.
172 *fuerza:* fortaleza, castillo.

	fortalecidas almenas	
	para amor, que la de un niño	175
	hasta los muros penetra.	
	Don Pedro Tenorio, al punto	
	a esa mujer llevad presa	
	a una torre, y con secreto	
	haced que al duque le prendan,	180
	que quiero hacer que le cumpla	
	la palabra o la promesa.	
ISABELA.	Gran señor, volvedme el rostro.	
REY.	Ofensa a mi espalda hecha,	
	es justicia y es razón	185
	castigalla a espaldas vueltas.	

(Vase EL REY.)

D. PEDRO.	Vamos, duquesa.	
ISABELA.	Mi culpa	
	no hay disculpa que la venza,	
	mas no será el yerro tanto	
	si el duque Octavio lo enmienda.	190

Vanse, y sale EL DUQUE OCTAVIO *y* RIPIO,
su criado

RIPIO.	¿Tan de mañana, señor,	
	te levantas?	
OCTAVIO.	No hay sosiego	
	que pueda apagar el fuego	
	que enciende en mi alma amor.	
	Porque, como al fin es niño,	195

---

175 *la de un niño:* la fuerza de un niño (Cupido, dios del amor).
El pronombre reproduce *fuerza* (v. 172) pero ahora con el sentido de
'vigor'; se trata de un ceugma dilógico típicamente conceptista.

183 *volvedme el rostro:* porque el rey, como signo de enojo, había
vuelto de espaldas a Isabela.

190 *enmienda:* si Octavio se casa con ella, habrá recuperado «ofi-
cialmente» su honor. Isabela espera que el poder del rey obligue a
Octavio a casarse aunque ella sabe que no ha sido él su gozador.

            no apetece cama blanda,
            entre regalada holanda,
            cubierta de blanco armiño.
                Acuéstase, no sosiega,
            siempre quiere madrugar   200
            por levantarse a jugar,
            que al fin como niño juega.
                Pensamientos de Isabela
            me tienen, amigo, en calma,
            que como vive en el alma   205
            anda el cuerpo siempre en vela,
                guardando ausente y presente
            el castillo del honor.
RIPIO.   Perdóname, que tu amor
            es amor impertinente.   210
OCTAVIO.   ¿Qué dices necio?
RIPIO.   Esto digo:
            impertinencia es amar
            como amas. ¿Quies escuchar?
OCTAVIO.   Ea, prosigue.
RIPIO.   Ya prosigo.
                ¿Quiérete Isabela a ti?   215

---

[197]   *regalada:* delicada, suave.
     holanda: la tela así llamada (por fabricarse en Holanda), muy suave
y apreciada para hacer camisas o sábanas.
[203]   *pensamientos de Isabela:* no puede dormir pensando en ella.
[204]   *calma:* como anotó A. Castro, *calma* tiene aquí sentido negativo (desasosiego, tristeza, preocupación) derivado del marinero,
donde la calma (falta total de viento) era nefasta para los barcos.
[206]   *en vela:* la edición primera trae «en pena» y ya Hartzenbusch
enmendó por «en vela», lo que aceptan casi todos los editores. *Vela*
significa 'vigilia' y alude al insomnio del que habla todo el pasaje.
También significa 'centinela, vigilancia' y por esto está «guardando el
castillo» (vv. 207-208). Además, *calma* y *vela* establecen otra asocia-
ción en lenguaje marinero, multiplicando los niveles del juego de palabras.
[213]   *quies:* quieres: es la forma aceptable en el gracioso, que otras
ediciones corrigen en «quieres».

OCTAVIO.	¿Eso, necio, has de dudar?
RIPIO.	No, mas quiero preguntar:
	¿y tú, no la quieres?
OCTAVIO.	Sí.
RIPIO.	Pues, ¿no seré majadero,

y de solar conocido,   220
si pierdo yo mi sentido
por quien me quiere y la quiero?
   Si ella a ti no te quisiera,
fuera bien el porfialla,
regalalla y adoralla,   225
y aguardar que se rindiera;
   mas si los dos os queréis
con una mesma igualdad,
dime, ¿hay más dificultad
de que luego os deposéis?   230

OCTAVIO.	Eso fuera, necio, a ser
	de lacayo o lavandera
	la boda.
RIPIO.	Pues ¿es quienquiera
	una lavandriz mujer,
	lavando y fregatrizando, 235

---

[220] *solar conocido:* solar llamaban a la casa antigua de donde descienden los linajes: hidalgo de solar conocido se decía del hidalgo cuya estirpe era clara y conocida, sin sospechas de raza mora o judía ni otro tipo de manchas. Ripio parodia esa expresión.

[230] *luego:* con el sentido, corriente en el XVII, de 'inmediatamente'. No lo anotaré en lo sucesivo.

[231-232] En una boda de gente plebeya se puede ir directamente al asunto, pero los amores de los nobles requieren más retóricas y sofisticados cortejos, insomnios y demás delicadezas amorosas.

[234] *lavandriz:* forma culterana que usa jocosamente el gracioso por «lavandera». En el siguiente «fregatrizar». Ambos términos los usa Tirso en *La Huerta de Juan Fernández,* como recuerda A. Castro.

defendiendo y ofendiendo,
los paños suyos tendiendo,
regalando y remendando?
    Dando dije, porque al dar
no hay cosa que se le iguale;   240
y si no, a Isabela dale,
a ver si sabe tomar.

Sale un CRIADO

CRIADO.   El embajador de España
en este punto se apea
en el zaguán, y desea,   245
con ira y fiereza estraña,
    hablarte, y si no entendí
yo mal, entiendo es prisión.
OCTAVIO.   ¿Prisión? Pues, ¿por qué ocasión?
Decid que entre.

Entra D. PEDRO TENORIO *con guardas*

D. PEDRO.   Quien así   250
con tanto descuido duerme
limpia tiene la conciencia.
OCTAVIO.   Cuando viene vuexcelencia
a honrarme y favorecerme,
    no es justo que duerma yo;   255
velaré toda mi vida.
    ¿A qué y por qué es la venida?
D. PEDRO.   Porque aquí el rey me envió.
OCTAVIO.   Si el rey, mi señor, se acuerda

---

[236] *defendiendo y ofendiendo:* con tono de parodia épica, Ripio
describe la tarea de la lavandera con términos de esgrima y militares.
[239] *dando dije:* ha dicho *dando* en la palabra *remen-dando* del
verso anterior. Alude al motivo de la codicia de las mujeres, con
posibles connotaciones sexuales.

	de mí en aquesta ocasión,	260
	será justicia y razón	
	que por él la vida pierda.	
	Decidme, señor, ¿qué dicha	
	o qué estrella me ha guiado,	
	que de mí el rey se ha acordado?	265
D. PEDRO.	Fue, duque, vuestra desdicha.	
	Embajador del rey soy;	
	dél os traigo una embajada.	
OCTAVIO.	Marqués, no me inquieta nada;	
	decid, que aguardando estoy.	270
D. PEDRO.	A prenderos me ha enviado	
	el rey; no os alborotéis.	
OCTAVIO.	¡Vos por el rey me prendéis!	
	Pues, ¿en qué he sido culpado?	
D. PEDRO.	Mejor lo sabéis que yo;	275
	mas, por si acaso me engaño,	
	escuchad el desengaño	
	y a lo que el rey me envió.	
	Cuando los negros gigantes,	
	plegando funestos toldos,	280
	ya del crepúsculo huyen	
	tropezando unos con otros,	
	estando yo con su alteza	
	tratando ciertos negocios	

---

[267] *embajador del rey:* aquí no quiere decir que sea embajador del rey de España, sino que viene de embajador o enviado del rey de Nápoles: en realidad don Pedro se disculpa hipócritamente ante Octavio diciendo que él se limita a cumplir órdenes del rey.

[273] *por el rey:* en nombre del rey.

[279-282] Describe el amanecer: los negros gigantes y funestos toldos son metáfora de la oscuridad nocturna, que huye del crepúsculo de la mañana.

—porque antípodas del sol   285
son siempre los poderosos—,
voces de mujer oímos,
cuyos ecos, menos roncos
por los artesones sacros,
nos repitieron «¡Socorro!».   290
A las voces y al ruido
acudió, duque, el rey propio;
halló a Isabela en los brazos
de algún hombre poderoso;
mas quien al cielo se atreve,   295
sin duda es gigante o monstruo.
Mandó el rey que los prendiera;
quedé con el hombre solo,
llegué y quise desarmalle;
pero pienso que el demonio   300
en él tomó forma humana,
pues que, vuelto en humo y polvo,
se arrojó por los balcones,
entre los pies de esos olmos
que coronan del palacio   305
los chapiteles hermosos.
Hice prender la duquesa
y en la presencia de todos
dice que es el duque Octavio

285-286   Puede significar que los poderosos están obligados a trabajar
hasta muy entrada la noche o desde muy tempranas horas, para atender los negocios de estado.

288   *menos roncos:* Rodríguez López Vázquez acepta la lectura de
TL «medio roncos». El sentido de P no está muy claro; algunos editores interpretan 'amortiguados'. También podría ser lo contrario
'ecos más claros de lo usual, porque los artesones del palacio rever-
beran el sonido con nitidez'.

295-296   Pondera la majestad real comparando el palacio del rey con
el cielo. El verso 296 alude al mito clásico de los gigantes que trata-
ron de escalar el cielo y fueron fulminados por Júpiter.

306   *chapitel:* remate de la torre alta en forma de pirámide.

	el que con mano de esposo	310
	la gozó.	
OCTAVIO.	¿Qué dices?	
D. PEDRO.	Digo	
	lo que al mundo es ya notorio	
	y que tan claro se sabe:	
	que Isabela por mil modos...	
OCTAVIO.	Dejadme, no me digáis	315
	tan gran traición de Isabela.	
	Mas si fue su amor cautela,	
	proseguid, ¿por qué calláis?	
	Mas si veneno me dais,	
	que a un firme corazón toca,	320
	y así a decir me provoca,	
	que imita a la comadreja,	
	que concibe por la oreja	
	para parir por la boca.	
	¿Será verdad que Isabela,	325
	alma, se olvidó de mí	
	para darme muerte? Sí;	

---

[310] *mano de esposo:* el hombre le había dado la mano en signo de aceptación matrimonial. El darse las manos era considerado compromiso en firme en los matrimonios secretos, que tenían validez total hasta que el Concilio de Trento los reprimió, precisamente por los abusos y engaños a que daban lugar.

[319-324] Pasaje debatido. Castro interpreta 'si me habéis dado una noticia que es veneno para mi corazón, es natural que me exalte, lo cual no os extrañe, porque mi corazón imita a la comadreja: la acción de lo que oye le incita a hablar'. Esta explicación me parece aceptable: la palabra de don Pedro es veneno para Octavio, veneno que entra por el oído y provoca palabras de queja que salen por la boca. De ahí la comparación con la comadreja, de la que se cuenta, como indica Covarrubias, que concibe por la boca y pare por la oreja «y algunos también se han engañado pensando que los pare por la boca, por la inquietud que tiene mudando los hijuelos a menudo de un lugar a otro, y como los lleva en la boca y ven que los suelta della, han pensado que entonces los pare».

que el bien suena y el mal vuela.
Ya el pecho nada recela
juzgando si son antojos;   330
que por darme más enojos,
al entendimiento entró
y por la oreja escuchó
lo que acreditan los ojos.

    Señor marqués, ¿es posible   335
que Isabela me ha engañado,
y que mi amor ha burlado?
¡Parece cosa imposible!
¡Oh, mujer! ¡Ley tan terrible
de honor, a quien me provoco   340
a emprender! Mas ya no toco
en tu honor esta cautela.
¿Anoche con Isabela
hombre en palacio?... ¡Estoy loco!

D. PEDRO.   Como es verdad que en los vientos   345
hay aves, en el mar peces,
que participan a veces
de todos cuatro elementos,
como en la gloria hay contentos,
lealtad en el buen amigo,   350
traición en el enemigo,
en la noche escuridad
y en el día claridad,
así es verdad lo que digo.

---

[328] *el bien suena y el mal vuela:* frase proverbial que recogen Covarrubias, Correas y otros repertorios.

[339-342] Otro pasaje poco claro para los editores y que no dilucido con exactitud: Octavio parece quejarse de tener que enfrentarse a la rigurosa ley del honor.

[348] *cuatro elementos:* tierra, aire, agua y fuego. Se creían los componentes fundamentales de todo lo existente.

OCTAVIO.	Marqués, yo os quiero creer.	355
	No hay cosa que me espante,	
	que la mujer más constante	
	es, en efeto, mujer.	
	No me queda más que ver	
	pues es patente mi agravio.	360
D. PEDRO.	Pues que sois prudente y sabio	
	elegid el mejor medio.	
OCTAVIO.	Ausentarme es mi remedio.	
D. PEDRO.	Pues sea presto, duque Otavio.	
OCTAVIO.	Embarcarme quiero a España	365
	y darle a mis males fin.	
D. PEDRO.	Por la puerta del jardín,	
	duque, esta prisión se engaña.	
OCTAVIO.	¡Ah, veleta! ¡Débil caña!	
	A más furor me provoco	370
	y extrañas provincias toco	
	huyendo desta cautela.	
	¡Patria, adiós! ¿Con Isabela	
	hombre en palacio?... ¡Estoy loco!	

Vanse, y sale TISBEA, *pescadora, con una caña de pescar en la mano*

TISBEA.	Yo, de cuantas el mar,	375
	pies de jazmín y rosa,	
	en sus riberas besa	
	con fugitivas olas,	
	sola de amor exenta,	

---

[371] *extrañas provincias:* va a partir al exilio, huyendo de la prisión y de la traición de Isabela.
[375] *de cuantas:* de cuantas pescadoras, de entre todas las pescadoras (cuyos pies blancos y rosa besa el mar con olas fugitivas al acercarse ellas a la playa).
[379] *exenta:* libre.

como en ventura sola,   380
tirana me reservo
de sus prisiones locas,
aquí donde el sol pisa
soñolientas las ondas,
alegrando zafiros   385
las que espantaba sombras.
Por la menuda arena,
unas veces aljófar
y átomos otras veces
del sol que así le dora,   390
oyendo de las aves
las quejas amorosas,
y los combates dulces
del agua entre las rocas,
ya con la sutil caña   395
que el débil peso dobla
del necio pececillo
que el mar salado azota,
o ya con la atarraya
que en sus moradas hondas   400
prende cuantos habitan

---

[381] *tirana:* desdeñosa y soberbia con los amantes que la cortejan y a los que no hace caso (pues se protege de las cadenas del amor y rechaza la locura que comunican a los enamorados).

[384-386] *soñolientas ondas:* probablemente porque acaban de despertarse al amanecer. El sol ahora ilumina alegremente las olas azules como zafiros; y un poco antes espantaba (hacía huir) al color oscuro de esas olas conforme nacía en el crepúsculo matutino.

[388] *aljófar:* perlas pequeñas e irregulares: la arena brilla con los reflejos del agua y el sol como aljófar.

[390] *átomos del sol:* los granos de la arena parecen otras veces átomos de sol al ser iluminados por éste. En P «adora», que lo creo errata por «dora».

[399] *atarraya:* especie de red de pescar. Interpreto: 'la atarraya prende en las moradas hondas del mar a todos los seres marinos que habitan en aposentos de conchas'.

aposentos de conchas,
seguramente tengo
que en libertad se goza
el alma que amor áspid   405
no le ofende ponzoña.
En pequeñuelo esquife
ya en compañía de otras
tal vez al mar le peino
la cabeza espumosa,   410
y cuando más perdidas
querellas de amor forman,
como de todos río,
envidia soy de todas.
¡Dichosa yo mil veces,   415
amor, pues me perdonas,
si ya, por ser humilde,
no desprecias mi choza!
Obeliscos de paja
mi edificio coronan,   420
nidos, si no a cigüeñas,

---

[403] *seguramente tengo:* interpreto que Tisbea quiere decir: 'mientras paseo por la playa y pesco, ya con la caña, ya con la atarraya, estando yo a salvo de caer en las redes del amor, pienso (tengo para mí) que el alma no enamorada se goza en su libertad: por eso no quiero enamorarme y prefiero ser libre'. Interpreto, pues, *tengo*, en el sentido 'pensar, creer'.

[405-406] 'Goza su libertad el alma a quien el amor (que es como un áspid) no le ofende siendo para ella ponzoña o veneno'.

[407] *esquife:* barquichuelo o bote que solían llevar las galeras y navíos para su servicio y para llegar a tierra.

[413-415] 'Como me río de todos los pescadores me envidian esa libertad todas las pescadoras (porque ellas andan formando querellas de amor, perdidas de enamoradas).'

a tortolillas locas.
Mi honor conservo en pajas,
como fruta sabrosa,
vidrio guardado en ellas   425
para que no se rompa.
De cuantos pescadores
con fuego Tarragona
de piratas defienden
en la argentada costa,   430
desprecio soy, encanto
a sus suspiros sorda,
a sus ruegos terrible,
a sus promesas roca.
Anfriso a quien el cielo   435
con mano poderosa,
prodigio en cuerpo y alma,
dotó de gracias todas,
medido en las palabras,
liberal en las obras,   440
sufrido en los desdenes,
modesto en las congojas,
mis pajizos umbrales,
que heladas noches ronda,

---

[422]   *tortolillas:* símbolo de enamorados en la tradición lírica. Tisbea,
inconscientemente, avanza algunos símbolos amorosos y de fragilidad
de su resistencia al amor (edificio coronado de paja, honor conser-
vado en pajas, las tórtolas...) que preparan el desenlace del episodio.
[423-424]   La fruta cogida verde se maduraba y conservaba en paja. El
honor de Tisbea se conserva también en paja porque vive en una
choza humilde construida con ese material. También se protegían con
paja los objetos de vidrio.
[427-431]   Interpreto: 'soy encanto (porque se enamoran de mí) y desprecios (porque los desdeño) de los pescadores que en la costa argentada (mojada del agua y la espuma del mar que se parecen a la plata)
defienden de piratas a Tarragona con fuego'. El fuego alude a las
hogueras que los vigilantes de la costa encendían para avisar la lle-
gada de los piratas.

a pesar de los tiempos 445
las mañanas remoza;
pues con los ramos verdes
que de los olmos corta,
mis pajas amanecen
ceñidas de lisonjas. 450
Ya con vigüelas dulces
y sutiles zampoñas
músicas me consagra,
y todo no le importa,
porque en tirano imperio 455
vivo, de amor señora,
que halla gusto en sus penas
y en sus infiernos gloria.
Todas por él se mueren,
y yo todas las horas 460
le mato con desdenes:
de amor condición propia,
querer donde aborrecen,
despreciar donde adoran,
que si le alegran muere, 465
y vive si le oprobian.
En tan alegre día
segura de lisonjas,
mis juveniles años

445-450 'Anfriso, a pesar de los malos tiempos de las noches heladas, se dedica a adornar con ramos verdes las pajas de mi choza, que así se rejuvenece en las mañanas.' Llama lisonjas a los ramos verdes porque son ofrendas amorosas (véase el v. 468).

451 *vigüela:* instrumento de cuerda que se tocaba punteado, y que fue sustituido en el favor general por la guitarra, que se tocaba rasgueando.

452 *zampoña:* instrumeto pastoril, especie de dulzaina.

454 *le importa:* otros editores corrigen «me importa», refiriéndolo a Tisbea. También podría interpretarse 'todo lo que hace no le redunda en ningún provecho de importancia, porque no le hago caso'.

amor no los malogra,   470
que en edad tan florida,
amor, no es suerte poca
no ver entre estas redes
las tuyas amorosas.
Pero, necio discurso   475
que mi ejercicio estorbas,
en él no me diviertas
en cosa que no importa.
Quiero entregar la caña
al viento, y a la boca   480
del pececillo el cebo.
Pero al agua se arrojan
dos hombres de una nave,
antes que el mar la sorba,
que sobre el agua viene   485
y en un escollo aborda;
como hermoso pavón,
hace las velas cola,
adonde los pilotos
todos los ojos pongan.   490
Las olas va escarbando,
y ya su orgullo y pompa
casi la desvanece.

---

[476] *ejercicio:* ocupación, es decir, la pesca, de la que Tisbea se distrae con su discurso.

[477] *divertir:* distraer, apartar.

[487-490] Las velas desplegadas del barco semejan la cola desplegada del pavo real. En la cola del pavo se ven unos dibujos que parecen ojos de colores (en la mitología Juno puso en la cola del pavo los cien ojos de Argos): en las velas ponen sus ojos (la vista) todos los marineros temerosos del naufragio.

[491-493] La nave se bambolea sobre el mar como si estuviera escarbando las olas (igual que el pavo escarba la tierra). Al haberla comparado con el pavo real (símbolo de soberbia y vanidad) puede atribuir su naufragio al orgullo. *Pompa* es vocablo tópicamente asociado en el Siglo de Oro a la cola multicolor del pavón *(Autoridades)*.

Agua un costado toma.
Hundióse y dejó al viento   495
la gavia, que la escoja
para morada suya,
que un loco en gavias mora.
          (Dentro: ¡Que me ahogo!)
Un hombre a otro aguarda
que dice que se ahoga.   500
¡Gallarda cortesía!
En los hombros le toma.
Anquises le hace Eneas,
si el mar está hecho Troya.
Ya, nadando, las aguas   505
con valentía corta,
y en la playa no veo
quien le ampare y socorra.
Daré voces: «¡Tirseo,
Anfriso, Alfredo, hola!»   510
Pescadores me miran,
plega a Dios que me oigan.
Mas milagrosamente
ya tierra los dos toman,
sin aliento el que nada,   515
con vida el que le estorba.

---

[494] *agua un costado toma:* el agua entra por un costado de la nave, bien porque se ha inclinado tanto que penetra por la borda, bien porque el abordaje contra el escollo ha abierto una brecha.

[495-498] Al hundirse sólo queda fuera del agua la gavia o cofa del navío (especie de cesta en lo alto del palo mayor donde se colocaba el vigía), para que en ella more el viento (símbolo de lo vano y loco): como loco le corresponde vivir en una *gavia* (juego de palabras: significa también 'jaula').

[503-504] *Anquises le hace Eneas:* Don Juan saca en hombros a Catalinón, igual que Eneas sacó a hombros a su padre Anquises de la ciudad de Troya en llamas. Virgilio narra el episodio con detalle en el libro II de la *Eneida.*

Saca en brazos CATALINÓN *a* D. JUAN, *mojados*

CATALINÓN.   ¡Válgame la Cananea,
y qué salado está el mar!
Aquí puede bien nadar
el que salvarse desea,   520
    que allá dentro es desatino
donde la muerte se fragua,
¿donde Dios juntó tanta agua,
no juntara tanto vino?
    Agua salda, extremada   525
cosa para quien no pesca.
Si es mala aun el agua fresca,
¿qué será el agua salada?
    ¡Oh, quién hallara una fragua
de vino, aunque algo encendido!   530
Si de la agua que he bebido
escapo yo, no más agua.
    Desde hoy abernuncio della;

---

[517] *Cananea:* hay varias interpretaciones de esta exclamación. Castro cree que no se refiere a la del Evangelio, sino que es juramento ridículo del gracioso, donde *cananea* sería deformación de *hacanea* (jaca de buena presencia, caballería de damas y príncipes). Fray Manuel Penedo cree que se refiere a San Cristóbal Cananeo, que sacaba en hombros a los que atravesaban los ríos. Rodríguez López Vázquez supone que se refiere a la Cananea del Evangelio, pero no a la madre de la endemoniada, sino a la de las bodas de Caná, donde Cristo convierte el agua en vino.

[519] *aquí:* en la tierra, donde sí se puede nadar sin peligro.

[527-528] *fresca, salada:* juego de palabras alusivo a los alimentos frescos y los conservados en salazón.

[529-530] *fragua de vino:* anota Rodríguez López Vázquez que la broma estriba en que para avivar el fuego de la fragua se le va echando agua de vez en cuando. Catalinón preferiría una fragua de vino.

[533] *abernuncio:* abrenuncio, renuncio: expresión tomada del lenguaje religioso, como después *devoción, agua bendita.*

que la devoción me quita
tanto, que agua bendita   535
no pienso ver, por no vella.
    ¡Ah, señor! Helado y frío
está. ¿Si estará ya muerto?
Del mar fue este desconcierto,
y mío este desvarío.   540
    ¡Mal haya aquel que primero
pinos en la mar sembró,
y que sus rumbos midió
con quebradizo madero!
    ¡Maldito sea el vil sastre   545
que cosió el mar que dibuja
con astronómica aguja,
causa de tanto desastre!
    ¡Maldito sea Jasón,
y Tifis maldito sea!   550
Muerto está, no hay quien lo crea.
¡Mísero Catalinón!
    ¿Qué he de hacer?

TISBEA.	Hombre, ¿qué tienes

en desventuras iguales?

CATALINÓN.	Pescadora, muchos males, 555

y falta de muchos bienes.
    Veo, por librarme a mí,
sin vida a mi señor. Mira
si es verdad.

TISBEA.	No, que aún respira.
CATALINÓN.	¿Por dónde? ¿Por aquí?

---

542 *pinos:* metonimia por barcos.
545-548 *vil sastre:* forma cómica de llamar al inventor de la brújula,
que se decía en el Siglo de Oro «aguja de marear», causa de muchos
naufragios por incitar a los hombres a la navegación.
549-550 *Jasón:* alusión mitológica: Jasón fue el jefe de los argonautas
en la expedición en busca del vellocino de oro. Funciona como arquetipo de marinero, al igual que Tifis, el piloto de la nave Argos.

TISBEA.   Sí;   560
    pues, ¿por dónde?
CATALINÓN.   Bien podía
    respirar por otra parte.
TISBEA. Necio estás.
CATALINÓN.   Quiero besarte
    las manos de nieve fría.
TISBEA.   Ve a llamar los pescadores   565
    que en aquella choza están.
CATALINÓN. Y si los llamo, ¿vernán?
TISBEA. Vendrán presto. No lo ignores.
    ¿Quién es este caballero?
CATALINÓN. Es hijo aqueste señor   570
    del camarero mayor
    del rey, por quien ser espero
    antes de seis días conde
    en Sevilla, donde va,
    y adonde su alteza está,   575
    si a mi amistad corresponde.
TISBEA.   ¿Cómo se llama?
CATALINÓN.   Don Juan
    Tenorio.
TISBEA.   Llama mi gente.
CATALINÓN. Ya voy. *(Vase.)*

   Coge en el regazo TISBEA *a* D. JUAN

TISBEA.   Mancebo excelente,
    gallardo, noble y galán.   580
    Volved en vos, caballero.

561-562 Chiste grosero del gracioso. *Respiro* y *suspiro* llamaban jocosamente a la ventosidad; *otra parte:* el ano.
 567 *vernán:* forma usual del futuro 'vendrán'.
 571 *camarero mayor:* importante cargo palatino, jefe de los servi-
dores de cámara del rey.

D. JUAN.	¿Dónde estoy?
TISBEA.	Ya podéis ver;

en brazos de una mujer.

D. JUAN.	Vivo en vos, si en el mar muero.

    Ya perdí todo el recelo   585
que me pudiera anegar,
pues del infierno del mar
salgo a vuestro claro cielo.

    Un espantoso huracán
dio con mi nave al través,   590
para arrojarme a esos pies
que abrigo y puerto me dan.

    Y en vuestro divino oriente
renazco, y no hay que espantar,
pues veis que hay de amar a mar   595
una letra solamente.

TISBEA.	Muy grande aliento tenéis

para venir sin aliento
y tras de tanto tormento
mucho tormento ofrecéis.   600

    Pero si es tormento el mar
y son sus ondas crueles,
la fuerza de los cordeles
pienso que os hacen hablar.

    Sin duda que habéis bebido   605
del mar la oración pasada,
pues por ser de agua salada
con tan grande sal ha sido.

    Mucho habláis cuando no habláis,
y cuando muerto venís   610

---

[590] *dar al través:* naufragar, perderse la nave.
[603] *cordeles:* al comparar el mar con un tormento, parece comparar las olas con los cordeles que en la tortura del potro apretaban los miembros de los reos para hacerles confesar sus delitos.
[606] *oración:* razonamiento, discurso.

mucho al parecer sentís;
¡plega a Dios que no mintáis!
   Parecéis caballo griego
que el mar a mis pies desagua
pues venís formado de agua   615
y estáis preñado de fuego.
   Y si mojado abrasáis,
estando enjuto, ¿qué haréis?
Mucho fuego prometéis;
¡plega a Dios que no mintáis!   620

D. JUAN.   A Dios, zagala, pluguiera
que en el agua me anegara
para que cuerdo acabara
y loco en vos no muriera;
   que el mar pudiera anegarme   625
entre sus olas de plata
que sus límites desata,
mas no pudiera abrasarme.
   Gran parte del sol mostráis,
pues que el sol os da licencia,   630
pues sólo con la apariencia,
siendo de nieve, abrasáis.

TISBEA.   Por más helado que estáis,
tanto fuego en vos tenéis,
que en este mío os ardéis.   635
¡Plega a Dios que no mintáis!

Salen CATALINÓN, CORIDÓN *y* ANFRISO, *pescadores*

CATALINÓN.   Ya vienen todos aquí.
TISBEA.   Y ya está tu dueño vivo.

[613-616] Alusión al caballo de madera en cuyo vientre hueco entraron escondidos los griegos a la ciudad de Troya para destruirla. También don Juan tiene una apariencia distinta a la realidad interior (por fuera mojado; por dentro fuego amoroso, destructivo).

D. JUAN.	Con tu presencia recibo
	el aliento que perdí. 640
CORIDÓN.	¿Qué nos mandas?
TISBEA.	Coridón,
	Anfriso, amigos...
CORIDÓN.	Todos

buscamos por varios modos
esta dichosa ocasión.

    Di qué nos mandas, Tisbea, 645
que por labios de clavel
no lo habrás mandado a aquel
que idolatrarte desea,

    apenas, cuando al momento,
sin cesar, en llano o sierra, 650
surque el mar, tale la tierra,
pise el fuego, y pare el viento.

TISBEA.	*Ap.*

(¡Oh, qué mal me parecían
estas lisonjas ayer,
y hoy echo en ellas de ver 655
que sus labios no mentían!)

    Estando, amigos, pescando
sobre este peñasco, vi
hundirse una nave allí,
y entre las olas nadando 660

    dos hombres; y compasiva,
di voces, y nadie oyó;
y en tanta aflicción, llegó
libre de la furia esquiva

    del mar, sin vida a la arena, 665
deste en los hombros cargado,
un hidalgo y anegado,
y envuelta en tan triste pena
a llamaros envié.

ANFRISO.	Pues aquí todos estamos, 670

manda que en tu gusto hagamos
lo que pensado no fue.

TISBEA.	Que a mi choza los llevemos

	quiero, donde, agradecidos,	
	reparemos sus vestidos,	675
	y a ellos los regalaremos;	
	que mi padre gusta mucho	
	desta debida piedad.	
CATALINÓN.	¡Extremada es su beldad!	
D. JUAN.	Escucha aparte.	
CATALINÓN.	Ya escucho	680
D. JUAN.	Si te pregunta quién soy,	
	di que no sabes.	
CATALINÓN.	¡A mí!...	
	¿Quieres advertirme a mí	
	lo que he de hacer?	
D. JUAN.	Muerto voy	
	por la hermosa pescadora;	685
	esta noche he de gozalla.	
CATALINÓN.	¿De qué suerte?	
D. JUAN.	Ven y calla.	
CORIDÓN.	Anfriso, dentro de un hora	
	los pescadores prevén	
	que canten y bailen.	
ANFRISO.	Vamos,	690
	y esta noche nos hagamos	
	rajas, y palos también.	
D. JUAN.	Muerto soy.	
TISBEA.	¿Cómo, si andáis?	
D. JUAN.	Ando en pena, como veis.	
TISBEA.	Mucho habláis.	

---

⁶⁷⁴ *agradecidos:* algunos editores lo creen errata por *guarecidos*. Podría interpretarse 'agradecidos por la oportunidad de ejercer esa debida piedad'.

⁶⁹² *hacerse rajas:* hacerse pedazos de tanto bailar. *Raja* es también «astilla de madera» y de ahí el juego de palabras con «palos». Rodríguez López Vázquez acepta otra posible lectura de TL: «rajas y paños», ya que raja es también un tipo de paño prensado y liso.

D. JUAN.	Mucho entendéis.	695
TISBEA.	¡Plega a Dios que no mintáis! *(Vanse.)*	

Sale D. GONZALO DE ULLOA, *y* EL REY
D. ALONSO DE CASTILLA

REY.   ¿Cómo os ha sucedido en la emba-
                                      [jada,
          Comendador mayor?
D. GONZALO.   Hallé en Lisboa
          al rey don Juan, tu primo, previniendo
          treinta naves de armada.
REY.   ¿Y para dónde?   700
D. GONZALO. Para Goa me dijo, mas yo entiendo
          que a otra empresa más fácil apercibe.
          A Ceuta o Tánger pienso que pretende
          cercar este verano.
REY.   Dios le ayude,
          y premie el celo de aumentar su gloria.   705
          ¿Qué es lo que concertasteis?
D. GONZALO.   Señor, pide
          a Cerpa y Mora, y Olivencia y Toro;
          y por eso te vuelve a Villaverde,
          al Almendral, a Mértola y Herrera
          entre Castilla y Portugal.

---

⁶⁹⁸ *comendador:* segundo cargo en importancia, después del maes-
tre, en las órdenes militares. Don Gonzalo es comendador de la orden de Calatrava (v. 1109).

REY.   Al punto   710
                    se firmen los conciertos, don Gonzalo.
                    Mas decidme primero cómo ha ido
                    en el camino, que vendréis cansado
                    y alcanzado también.
D. GONZALO.   Para serviros,
                    nunca, señor, me canso.
REY.   ¿Es buena tierra   715
                    Lisboa?
D. GONZALO.   La mayor ciudad de España;
                    y si mandas que diga lo que he visto
                    de lo exterior y célebre, en un punto
                    en tu presencia te pondré un retrato.
REY.   Gustaré de oíllo. Dadme silla.   720
D. GONZALO.   Es Lisboa una otava maravilla.
                        De las entrañas de España,
                    que son las tierras de Cuenca,
                    nace el caudaloso Tajo,
                    que media España atraviesa.   725
                    Entra en el mar Oceano,
                    en las sagradas riberas
                    de esta ciudad, por la parte
                    del sur, mas antes que pierda
                    su curso y su claro nombre   730
                    hace un cuarto entre dos sierras,
                    donde están de todo el orbe
                    barcas, naves, carabelas.

---

[716] Portugal estuvo unido a España de 1580 a 1640, pero además se consideraba culturalmente como un reino más de «las Españas».

[731] *cuarto:* ver la extensa nota de Rodríguez López Vázquez, que lo explica como 'cuadrante, giro de la cuarta parte del círculo' que hace el Tajo entre las dos sierras de Sintra y Arrabida.

Hay galeras y saetías
tantas, que desde la tierra   735
parece una gran ciudad
adonde Neptuno reina.
A la parte del poniente
guardan del puerto dos fuerzas
de Cascaes y San Gian,   740
las más fuertes de la tierra.
Está, desta gran ciudad,
poco más de media legua
Belén, convento del santo
conocido por la piedra   745
y por el león de guarda,
donde los reyes y reinas
católicos y cristianos
tienen sus casas perpetuas.
Luego esta máquina insigne,   750
desde Alcántara comienza
una gran legua a tenderse
al convento de Jabregas.
En medio está el valle hermoso
coronado de tres cuestas,   755
que quedara corto Apeles
cuando pintarlas quisiera,

---

[734]   *saetía:* embarcación de tres palos de tamaño medio.
[740]   *Cascaes, San Gian:* fortalezas cerca de Lisboa (Cascaes, a unos 30 km, y San Gian, hoy San Julián de la Barra, a unos 15).
[744 y sigs.]   Se refiere al monasterio de los Jerónimos. San Jerónimo hacía penitencia golpeándose con una piedra; curó a un león quitándole una espina y el animal lo acompañó agradecido. Ambos motivos se dan constantemente en la iconografía del santo.
[749]   *casas perpetuas:* los sepulcros del rey don Manuel y sucesores, que están en aquel monasterio.
[750]   *máquina:* aquí 'edificios, construcciones'.
[751]   *Alcántara:* el río que va entre Belén y Lisboa.
[753]   *Jabregas:* convento de franciscanos fundado el el siglo XVI.

porque, miradas de lejos,
parecen piñas de perlas
que están pendientes del cielo,   760
en cuya grandeza inmensa
se ven diez Romas cifradas
en conventos y en iglesias,
en edificios y calles,
en solares y encomiendas,   765
en las letras y en las armas,
en la justicia tan recta,
y en una *Misericordia*
que está honrando su ribera,
y pudiera honrar a España   770
y aun enseñar a tenerla.
Y en lo que yo más alabo
desta máquina soberbia,
es que del mismo castillo
en distancia de seis leguas,   775
se ven sesenta lugares
que llega el mar a sus puertas,
uno de los cuales es
el convento de Olivelas,
en el cual vi por mis ojos   780
seiscientas y treinta celdas,
y entre monjas y beatas
pasan de mil y docientas.
Tiene desde allí a Lisboa,
en distancia muy pequeña,   785
mil y ciento y treinta quintas,
que en nuestra provincia Bética
llaman cortijos, y todas
con sus huertos y alamedas.

---

[768] *Misericordia:* la casa de la Misericordia de Lisboa, cerca del Tajo, tenía fama de gran edificio y admirable construcción.
[779] *Olivelas:* hoy Odivelas, monasterio que fundó don Dionís, de monjas cistercienses, acabado a principios del siglo XIV.

En medio de la ciudad   790
hay una plaza soberbia
que se llama del *Rucío*,
grande, hermosa y bien dispuesta,
que habrá cien años y aun más
que el mar bañaba su arena,   795
y ahora della a la mar
hay treinta mil casas hechas;
que, perdiendo el mar su curso,
se tendió a partes diversas.
Tiene una calle que llaman   800
rua Nova o calle Nueva,
donde se cifra el Oriente
en grandezas y riquezas;
tanto, que el rey me contó
que hay un mercader en ella   805
que, por no poder contarlo,
mide el dinero a fanegas.
El terrero, donde tiene
Portugal su casa regia,
tiene infinitos navíos,   810
varados siempre en la tierra,
de sólo cebada y trigo
de Francia y Ingalaterra.
Pues el palacio real,
que el Tajo sus manos besa,   815
es edificio de Ulises,
que basta para grandeza,

---

802   *se cifra el oriente:* se compendian todas las riquezas de oriente, traídas por los navegantes portugueses.

808   *terrero:* espacio abierto delante de las casas. Aquí se refiere al Terreiro do Paço, la plaza del palacio real lisboeta, cerca del río donde anclan los barcos.

816 y sigs.   *Ulises:* según una leyenda conocida, Ulises fundó la ciudad de Lisboa. Covarrubias, por ejemplo, la recoge.

de quien toma la ciudad
nombre en la latina lengua,
llamándose Ulisibona,   820
cuyas armas son la esfera,
por pedestal de las llagas
que en la batalla sangrienta
al rey don Alfonso Enríquez
dio la Majestad Inmensa.   825
Tiene en su gran tarazana
diversas naves, y entre ellas,
las naves de la conquista,
tan grandes, que de la tierra
miradas, juzgan los hombres   830
que tocan en las estrellas.
Y lo que desta ciudad
te cuento por excelencia
es, que estando sus vecinos
comiendo, desde las mesas   835
ven los copos del pescado
que junto a sus puertas pescan,
que, bullendo entre las redes,
vienen a entrarse por ellas;
y sobre todo, el llegar   840
cada tarde a su ribera
más de mil barcos cargados
de mercancías diversas,

821-825   Castro anota: «Las armas de Portugal —llamadas quinas por
ser cinco escudos de azur— datan del primer rey de Portugal, Alonso
Enríquez, según quiere la leyenda formada alrededor de la batalla de
Ourique, dada en 1139 contra los almorávides. La fábula [...] supuso
que Cristo en persona entregó las armas al buen rey.» Las llagas o
estigmas son signo de santidad en muchos santos (recuerdan las cinco
llagas de Cristo).
826   *tarazana:* arsenal, lugar donde construyen y reparan los barcos.
836   *copo:* especie de bolsa que forman algunas artes de pesca,
donde queda recogido el pescado que entra en la red.

y de sustento ordinario:
pan, aceite, vino y leña,   845
frutas de infinita suerte,
nieve de Sierra de Estrella,
que por las calles a gritos,
puesta sobre las cabezas,
la venden. Mas, ¿qué me canso?   850
porque es contar las estrellas
querer contar una parte
de la ciudad opulenta.
Ciento y treinta mil vecinos
tiene, gran señor, por cuenta;   855
y por no cansarte más,
un rey que tus manos besa.

REY.   Más estimo, don Gonzalo,
escuchar de vuestra lengua
esa relación sucinta,   860
que haber visto su grandeza.
¿Tenéis hijos?

D. GONZALO.   Gran señor,
una hija hermosa y bella,
en cuyo rostro divino
se esmeró naturaleza.   865

REY.   Pues yo os la quiero casar
de mi mano.

D. GONZALO.   Como sea
tu gusto, digo, señor,
que yo lo aceto por ella.
Pero, ¿quién es el esposo?   870

REY.   Aunque no está en esta tierra,
es de Sevilla, y se llama
don Juan Tenorio.

---

847   *nieve:* la usaban para enfriar las bebidas. Se traía de la sierra
y se conservaba en pozos para irla vendiendo a los exquisitos. En
Madrid fue también muy floreciente el negocio de pozos de nieve en
un período del XVII.

[D. GONZALO.]   Las nuevas
                    voy a llevar a doña Ana.
                    ....
REY.   Id en buen hora, y volved,   875
                    Gonzalo, con la respuesta.

          Vanse y sale D. JUAN TENORIO, *y* CATALINÓN

D. JUAN.   Esas dos yeguas prevén,
                    pues acomodadas son.
CATALINÓN.   Aunque soy Catalinón,
                    soy, señor, hombre de bien;   880
                       que no se dijo por mí,
                    «Catalinón es el hombre»;
                    que sabes que aquese nombre
                    me asienta al revés a mí.
D. JUAN.   Mientras que los pescadores   885
                    van de regocijo y fiesta,
                    tú las dos yeguas apresta;
                    que de sus pies voladores
                       sólo nuestro engaño fío.
CATALINÓN.   Al fin, ¿pretendes gozar   890
                    a Tisbea?
D. JUAN.   Si burlar
                    es hábito antiguo mío,
                       ¿qué me preguntas, sabiendo
                    mi condición?
CATALINÓN.   Ya sé que eres
                    castigo de las mujeres.   895
D. JUAN.   Por Tisbea estoy muriendo,
                    que es buena moza.

---

882 *Catalinón:* los estudiosos aún no han aclarado totalmente las
connotaciones de este nombre. A. Castro anota que, en andaluz vul-
gar, *catalina* es el excremento que se halla en la calle y que *catalinón*
«sería algo como cagón, cobarde».

CATALINÓN.   ¡Buen pago
                            a su hospedaje deseas!
D. JUAN.   Necio, lo mismo hizo Eneas
                            con la reina de Cartago.   900
CATALINÓN.   Los que fingís y engañáis
                            las mujeres desa suerte
                            lo pagaréis con la muerte.
D. JUAN.   ¡Qué largo me lo fiáis!
                                    Catalinón con razón   905
                            te llaman.
CATALINÓN.   Tus pareceres
                            sigue, que en burlar mujeres
                            quiero ser Catalinón.
                                    Ya viene la desdichada.
D. JUAN.   Vete, y las yeguas prevén.   910
CATALINÓN.   ¡Pobre mujer! Harto bien
                            te pagamos la posada.

                    Vase CATALINÓN, *y sale* TISBEA

TISBEA.   El rato que sin ti estoy
                            estoy ajena de mí.
D. JUAN.   Por lo que finges ansí,   915
                            ningún crédito te doy.
TISBEA.   ¿Por qué?
D. JUAN.   Porque, si me amaras,
                            mi alma favorecieras.
TISBEA.   Tuya soy.
D. JUAN.   Pues di, ¿qué esperas,
                            o en qué, señora, reparas?   920
TISBEA.   Reparo en que fue castigo
                            de amor el que he hallado en ti.

899-900 Eneas abandonó a la reina Dido de Cartago, para seguir su
destino hacia Italia, dejándola enamorada y desesperada.

D. JUAN.	Si vivo, mi bien, en ti,
	a cualquier cosa me obligo.
	Aunque yo sepa perder 925
	en tu servicio la vida,
	la diera por bien perdida,
	y te prometo de ser
	tu esposo.
TISBEA.	Soy desigual
	a tu ser.
D. JUAN.	Amor es rey 930
	que iguala con justa ley
	la seda con el sayal.
TISBEA.	Casi te quiero creer;
	mas sois los hombres traidores.
D. JUAN.	¿Posible es, mi bien, que ignores 935
	mi amoroso proceder?
	Hoy prendes con tus cabellos
	mi alma.
TISBEA.	Yo a ti me allano
	bajo la palabra y mano
	de esposo.
D. JUAN.	Juro, ojos bellos, 940
	que mirando me matáis,
	de ser vuestro esposo.
TISBEA.	Advierte,
	mi bien, que hay Dios y que hay
	[muerte.
D. JUAN.	[*Ap.*]
	(¡Qué largo me lo fiáis!)
	Ojos bellos, mientras viva, 945
	yo vuestro esclavo seré.
	Esta es mi mano y mi fe.
TISBEA.	No seré en pagarte esquiva.
D. JUAN.	Ya en mí mismo no sosiego.
TISBEA.	Ven, y será la cabaña 950

	del amor que me acompaña	
	tálamo de nuestro fuego.	
	Entre estas cañas te esconde	
	hasta que tenga lugar.	
D. JUAN.	¿Por dónde tengo de entrar?	955
TISBEA.	Ven y te diré por dónde.	
D. JUAN.	Gloria al alma, mi bien, dais.	
TISBEA.	Esa voluntad te obligue,	
	y si no, Dios te castigue.	
D. JUAN.	(¡Qué largo me lo fiáis!)	960

Vanse y sale CORIDÓN, ANFRISO, BELISA,
y MÚSICOS

CORIDÓN.	Ea, llamad a Tisbea,	
	y los zagales llamad	
	para que en la soledad	
	el huésped la corte vea.	
ANFRISO.	¡Tisbea, Usindra, Atandria!	965
	No vi cosa más cruel.	
	¡Triste y mísero de aquel	
	que en su fuego es salamandria!	
	Antes que el baile empecemos	
	a Tisbea prevengamos.	970
BELISA.	Vamos a llamarla.	
CORIDÓN.	Vamos.	
BELISA.	A su cabaña lleguemos.	
CORIDÓN.	¿No ves que estará ocupada	
	con los huéspedes dichosos,	
	de quien hay mil envidiosos?	975

---

952 *tálamo:* lecho nupcial.
963 *soledad:* ámbito rústico, opuesto a la corte, como en *Las Soledades* gongorinas. Coridón quiere decir que a pesar de la rustiquez son capaces de atender cortésmente a un huésped, tan bien como en los ambientes cortesanos.
968 *salamandria:* se creía que la salamandra era capaz de vivir en el fuego; se usa en la literatura del Siglo de Oro como imagen del enamorado que vive en el fuego de la pasión.

ANFRISO.	Siempre es Tisbea envidiada.
BELISA.	Cantad algo mientras viene,
	porque queremos bailar.
ANFRISO.	¿Cómo podrá descansar
	cuidado que celos tiene? 980

(Cantan):   *A pescar salió la niña*
tendiendo redes;
y, en lugar de peces,
las almas prende. (Sale TISBEA.*)*

TISBEA.   ¡Fuego, fuego, que me quemo,   985
que mi cabaña se abrasa!
Repicad a fuego, amigos;
que ya dan mis ojos agua.
Mi pobre edificio queda
hecho otra Troya en las llamas;   990
que después que faltan Troyas
quiere amor quemar cabañas.
Mas si amor abrasa peñas
con gran ira y fuerza extraña,
mal podrán de su rigor   995
reservarse humildes pajas.
¡Fuego, zagales, fuego, agua, agua!
¡Amor, clemencia, que se abrasa el
                                                [alma!
¡Ay, choza, vil instrumento
de mi deshonra y mi infamia!   1000
¡Cueva de ladrones fiera
que mis agravios ampara!
Rayos de ardientes estrellas
en tus cabelleras caigan,
porque abrasadas estén,   1005
si del viento mal peinadas.
¡Ah, falso huésped, que dejas
una mujer deshonrada!
Nube que del mar salió
para anegar mis entrañas.   1010
¡Fuego, fuego, zagales, agua, agua!

¡Amor, clemencia, que se abrasa el
[alma!

Yo soy la que hacía siempre
de los hombres burla tanta,
que siempre las que hacen burla   1015
vienen a quedar burladas.
Engañóme el caballero
debajo de fe y palabra
de marido y profanó
mi honestidad y mi cama.   1020
Gozóme al fin, y yo propia
le di a su rigor las alas
en dos yeguas que crié,
con que me burló y se escapa.
Seguilde todos, seguilde.   1025
Mas no importa que se vaya,
que en la presencia del rey
tengo de pedir venganza.
¡Fuego, fuego, zagales, agua, agua!
¡Amor, clemencia, que se abrasa el
[alma!   1030

(Vase TISBEA.*)*

CORIDÓN.   Seguid al vil caballero.
ANFRISO.   ¡Triste del que pena y calla!
Mas, ¡vive el cielo, que en él
me he de vengar desta ingrata!
Vamos tras ella nosotros,   1035
porque va desesperada,
y podrá ser que ella vaya
buscando mayor desgracia.
CORIDÓN.   Tal fin la soberbia tiene.
¡Su locura y confianza   1040
paró en esto!

(Dice TISBEA *dentro:* ¡Fuego, fuego!)

ANFRISO.   Al mar se arroja.
CORIDÓN.   Tisbea, detente y para.
TISBEA.   ¡Fuego, fuego, zagales, agua, agua!
                  ¡Amor, clemencia, que se abrasa el
                                              [alma!

JORNADA SEGUNDA

Sale EL REY D. ALONSO, *y* D. DIEGO TENORIO,
de barba

REY.	¿Qué me dices?	
D. DIEGO.	Señor, la verdad digo.	1045

Por esta carta estoy del caso cierto,
que es de tu embajador y de mi her-
[mano;
halláronle en la cuadra del rey mismo
con una hermosa dama de palacio.

REY.   ¿Qué calidad?
D. DIEGO.   Señor, es la duquesa   1050
Isabela.
REY.   ¿Isabela?
D. DIEGO.   Por lo menos.
REY.   ¡Atrevimiento temerario! ¿Y dónde
ahora está?
D. DIEGO.   Señor, a vuestra alteza
no he de encubrille la verdad: anoche
a Sevilla llegó con un criado.   1055
REY.   Ya conocéis, Tenorio, que os estimo,
y al rey informaré del caso luego,
casando a ese rapaz con Isabela,
volviendo a su sosiego al duque Octavio,

que inocente padece; y luego al punto   1060
haced que don Juan salga desterrado.

D. DIEGO.   ¿Adónde, mi señor?

REY.   Mi enojo vea
en el destierro de Sevilla; salga
a Lebrija esta noche, y agradezca
sólo al merecimiento de su padre...   1065
Pero, decid, don Diego, ¿qué diremos
a Gonzalo de Ulloa, sin que erremos?
Caséle con su hija y no sé cómo
lo puedo ahora remediar.

D. DIEGO.   Pues mira,
gran señor, qué mandas que yo haga   1070
que esté bien al honor de esta señora,
hija de un padre tal.

REY.   Un medio tomo
con que absolvello del enojo entiendo:
Mayordomo mayor pretendo hacelle.

                    Sale UN CRIADO

CRIADO.   Un caballero llega de camino,   1075
y dice, señor, que es el duque Octavio.

REY.   ¿El duque Octavio?

CRIADO.   Sí, señor.

REY.   Sin duda
que supo de don Juan el desatino
y que viene, incitado a la venganza,
a pedir que le otorgue desafío.   1080

D. DIEGO.   Gran señor, en tus heroicas manos
está mi vida, que mi vida propria
es la vida de un hijo inobediente,
que, aunque mozo, gallardo y valeroso,
y le llaman los mozos de su tiempo   1085

el Héctor de Sevilla, porque ha hecho
tantas y tan extrañas mocedades,
la razón puede mucho. No permitas
el desafío, si es posible.

REY.   el desafío, si es posible. Basta.
Ya os entiendo, Tenorio, honor de padre.   1090
Entre el duque.

D. DIEGO.   Señor, dame esas plantas.
¿Cómo podré pagar mercedes tantas?

Sale EL DUQUE OCTAVIO, *de camino*

OCTAVIO.   A esos pies gran señor, un peregrino,
mísero y desterrado, ofrece el labio,
juzgando por más fácil el camino   1095
en vuestra gran presencia.

REY.   Duque Octavio...

OCTAVIO.   Huyendo vengo el fiero desatino
de una mujer, el no pensado agravio
de un caballero que la causa ha sido
de que así a vuestros pies haya venido.   1100

REY.   Ya, duque Octavio, sé vuestra ino-
                                          [cencia.
Yo al rey escribiré que os restituya
en vuestro estado, puesto que el ausen-
                                          [cia
que hicisteis algún daño os atribuya.
Yo os casaré en Sevilla con licencia   1105
y también con perdón y gracia suya;
que puesto que Isabela un ángel sea,
mirando la que os doy, ha de ser fea.

[1086] *Héctor:* héroe troyano, protagonista de la *Ilíada*: prototipo de
valor.
[1087] *mocedades:* calaveradas, excesos de juventud.
[1092] *de camino:* esta acotación indica que va vestido con ropa de
viaje, que era distinta de la urbana o casera.
[1107] *puesto que:* aunque.

Comendador mayor de Calatrava
es Gonzalo de Ulloa, un caballero   1110
a quien el moro por temor alaba,
que siempre es el cobarde lisonjero.
Éste tiene una hija en quien bastaba
en dote la virtud, que considero,
después de la beldad, que es maravilla, 1115
y es sol de las estrellas de Sevilla.
    Ésta quiero que sea vuestra esposa.

OCTAVIO.   Cuando yo este viaje le emprendiera
a sólo eso, mi suerte era dichosa,
sabiendo yo que vuestro gusto fuera.   1120

REY.   Hospedaréis al duque, sin que cosa
en su regalo falte.

OCTAVIO.   Quien espera
en vos, señor, saldrá de premios lleno.
Primero Alfonso sois, siendo el Onceno.

Vase EL REY *y* D. DIEGO, *y sale* RIPIO

RIPIO   ¿Qué ha sucedido?

OCTAVIO.   Que he dado   1125
el trabajo recebido,
desde hoy por bien empleado.
    Hablé al rey, viome y honróme.
César con el César fui,   1130
pues vi, peleé y vencí;
y hace que esposa tome
    de su mano, y se prefiere
a desenojar al rey

1126   *trabajo:* penalidad.
1131   Recuerda la frase famosa de Julio César «veni, vidi, vinci»,
'llegue, vi, vencí'.
1133   *preferirse:* ofrecerse voluntariamente a hacer algo.

	en la fulminada ley.	1135
RIPIO.	Con razón el nombre adquiere	
	de generoso en Castilla.	
	Al fin, ¿te llegó a ofrecer	
	mujer?	
OCTAVIO.	Sí, amigo, mujer	
	de Sevilla; que Sevilla	1140
	da, si averiguallo quieres,	
	porque de oíllo te asombres,	
	si fuertes y airosos hombres,	
	también gallardas mujeres.	

Un manto tapado, un brío,   1145
donde un puro sol se asconde,
si no es en Sevilla, ¿adónde
se admite? El contento mío
  es tal, que ya me consuela
en mi mal.

Sale D. JUAN *y* CATALINÓN

CATALINÓN.	Señor, detente;	1150
	que aquí está el duque, inocente	
	Sagitario de Isabela,	
	aunque mejor le diré	
	Capricornio.	

[1135] *fulminada ley:* la orden fulminante de destierro que ha dado el rey de Nápoles.

[1152] *Sagitario:* signo del zodiaco, el arquero. La alusión puede significar que Octavio ha sido flechador (pues ha herido con saetas amorosas a Isabela), pero me inclino a ver un chiste más obsceno sobre el símbolo fálico de la flecha, muy frecuente en la literatura burlesca del XVII. Y como en realidad no ha sido Octavio el que ha clavado la flecha en Isabela, es «inocente» (que también puede connotar 'ingenuo, tonto'). En conclusión, y ya que don Juan ha puesto los cuernos a Octavio, a éste se le puede atribuir mejor el signo de Capricornio.

D. JUAN.	Disimula.
CATALINÓN.	(Cuando le vende le adula.) 1155
D. JUAN.	Como a Nápoles dejé

       por enviarme a llamar
con tanta priesa mi rey,
y como su gusto es ley,
no tuve, Octavio, lugar,   1160
       de despedirme de vos
de ningún modo.

OCTAVIO.   Por eso,
don Juan, amigo os confieso;
que hoy nos juntamos los dos
    en Sevilla.

D. JUAN.   ¡Quién pensara   1165
duque, que en Sevilla os viera.
¿Vos Puzol, vos la ribera,
desde Parténope clara
       dejáis? Aunque es un lugar
Nápoles tan excelente,   1170
por Sevilla solamente
se puede, amigo, dejar.

OCTAVIO.   Si en Nápoles os oyera,
y no en la parte que estoy,
del crédito que ahora os doy   1175
sospecho que me riera.
       Mas llegándola a habitar,
es, por lo mucho que alcanza,
corta cualquiera alabanza
que a Sevilla queráis dar.   1180
       ¿Quién es el que viene allí?

D. JUAN.   El que viene es el marqués
de la Mota.

[1167-1168] *Puzol:* lugar cercano a Nápoles. Parténope es el nombre poético y antiguo de Nápoles.

[OCTAVIO.]   Descortés
                 es fuerza ser.
[D. JUAN.]   Si de mí
                 algo hubiereis menester,   1185
                 aquí espada y brazo está.
CATALINÓN.   (Y si importa, gozará
                 en su nombre otra mujer;
                    que tiene buena opinión.)
OCTAVIO.   De vos estoy satisfecho.   1190
CATALINÓN.   Si fuere de algún provecho,
                 señores, Catalinón,
                    vuarcedes continuamente
                 me hallarán para servillos.
RIPIO.   ¿Y dónde?
CATALINÓN.   En los Pajarillos,   1195
                 tabernáculo excelente.

                 Vase OCTAVIO *y* RIPIO, *y sale* EL MARQUÉS
                              DE LA MOTA

MOTA.   Todo hoy os ando buscando,
                 y no os he podido hallar.
                 ¿Vos, don Juan, en el lugar,
                 y vuestro amigo penando   1200
                    en vuestra ausencia?
D. JUAN.   ¡Por Dios,
                 amigo, que me debéis
                 esa merced que me hacéis!
CATALINÓN.   Como no le entreguéis vos
                    moza o cosa que lo valga,   1205

1183   *descortés:* quiere decir que prefiere despedirse rápidamente y
abandonar a su amigo (esa es la descortesía) para no estorbar la conversación con el otro.
1196   *tabernáculo:* en lenguaje jocoso usaban este vocablo de registro religioso (jugando con la paronomasia) para la 'taberna'.

	bien podéis fiaros dél;	
	que en cuanto en esto es cruel,	
	tiene condición hidalga.	
D. JUAN.	¿Qué hay de Sevilla?	
MOTA.	Está ya	
	toda esta corte mudada.	1210
D. JUAN.	¿Mujeres?	
MOTA.	Cosa juzgada.	
D. JUAN.	¿Inés?	
MOTA.	A Vejel se va.	
D. JUAN.	Buen lugar para vivir	
	la que tan dama nació.	
MOTA.	El tiempo la desterró	1215
	a Vejel.	
D. JUAN.	Irá a morir.	
	¿Costanza?	
MOTA.	Es lástima vella	
	lampiña de frente y ceja.	
	Llámale el portugués, vieja,	
	y ella imagina que bella.	1220
D. JUAN.	Sí, que *velha* en portugués	
	suena vieja en castellano.	
	¿Y Teodora?	
MOTA.	Este verano	
	se escapó del mal francés	
	por un río de sudores;	1225
	y está tan tierna y reciente,	
	que anteayer me arrojó un diente	
	envuelto entre muchas flores.	

[1212] *Vejel:* Vejer de la Frontera, pueblo gaditano: aquí alude a la vejez de Inés.

[1218] *lampiña:* el pelo se le ha debido de caer a consecuencia de la sífilis. Es motivo tópico. Véanse los versos 1224-1225.

[1224-1225] *mal francés:* la sífilis. Se curaba entonces haciendo sudar al paciente envuelto en mantas.

D. JUAN.	¿Julia, la del Candilejo?
MOTA.	Ya con sus afeites lucha.
D. JUAN.	¿Véndese siempre por trucha?
MOTA.	Ya se da por abadejo.
D. JUAN.	El barrio de Cantarranas,
	¿tiene buena población?
MOTA.	Ranas las más dellas son.
D. JUAN.	¿Y viven las dos hermanas?
MOTA.	Y la mona de Tolú
	de su madre Celestina
	que les enseña dotrina.
D. JUAN.	¡Oh, vieja de Bercebú!
	¿Cómo la mayor está?
MOTA.	Blanca, sin blanca ninguna;
	tiene un santo a quien ayuna.
D. JUAN.	¿Agora en vigilias da?
MOTA.	Es firme y santa mujer.
D. JUAN.	¿Y esotra?
MOTA.	Mejor principio
	tiene; no desecha ripio.
D. JUAN.	Buen albañir quiere ser.

1230 · 1235 · 1240 · 1245

[1229] *Candilejo:* calle de Sevilla, popular por su relación con una leyenda sobre el rey don Pedro (allí mató el rey a un hombre y lo vio una vieja a la luz de un candil; había prometido el rey cortar la cabeza a los asesinos y ponerla en el sitio del crimen, y así, al ser descubierto él, tuvo que poner un busto de barro en la calle del Candilejo, que así se llamó desde entonces).

[1230] *afeites:* cosméticos. *Trucha* y *abadejo* aluden a las prostitutas jóvenes y viejas, respectivamente.

[1237] *mona de Tolú:* insulta a la vieja alcahueta. Tolú es lugar colombiano cuyos monos eran famosos en el Siglo de Oro.

[1242] *Blanca sin blanca:* juego de palabras con el nombre de la prostituta y el de la moneda llamada blanca, que tenía poco valor. Estar sin blanca se sigue diciendo hoy.

[1247] *ripio:* cascote, trozo roto que usan los albañiles para rellenar huecos: la prostituta acepta cualquier galán, todos le vienen bien.

             Marqués, ¿qué hay de perros muer-
                                           [tos?

MOTA.   Yo y don Pedro de Esquivel   1250
             dimos anoche un cruel,
             y esta noche tengo ciertos
             otros dos.

D. JUAN.   Iré con vos;
             que también recorreré
             cierto nido que dejé   1255
             en güevos para los dos.
             ¿Qué hay de terrero?

MOTA.   No muero
             en terrero, que enterrado
             me tiene mayor cuidado.

D. JUAN.   ¿Cómo?

MOTA.   Un imposible quiero   1260

D. JUAN.   Pues, ¿no os corresponde?

MOTA.   Sí,
             me favorece y estima.

D. JUAN.   ¿Quién es?

MOTA.   Doña Ana, mi prima,
             que es recién llegada aquí.

D. JUAN.   Pues, ¿dónde ha estado?   1265

MOTA.   En Lisboa,
             con su padre en la embajada.

D. JUAN.   ¿Es hermosa?

[1249] *perro muerto:* engaño hecho a la prostituta con quien se va y a la que no se paga luego. En alguna ocasión se extiende al sentido más general de 'engaño, chasco, broma pesada'.

[1250] *Pedro de Esquivel:* Wade, Hesse, Rodríguez López Vázquez lo suponen referencia concreta a don Pedro de Esquivel y Ugalde, que recibió la orden de Santiago en 1621. Igual creen que otros personajes como Mota y don Gonzalo se conectan a otros históricos.

[1257] *terrero:* explanada delante de un edificio: desde allí se corteja a las damas que vivían en una casa y por eso hacer terrero significó 'cortejar, galantear'. El juego de palabras «enterrado/ en terrado/ en terrero» del verso siguiente se repite en otros autores.

MOTA.	Es extremada,
	porque en doña Ana de Ulloa
	se extremó naturaleza.
D. JUAN.	¿Tan bella es esa mujer? 1270
	¡Vive Dios que la he de ver!
MOTA.	Veréis la mayor belleza
	que los ojos del rey ven.
D. JUAN.	Casaos, pues es extremada.
MOTA.	El rey la tiene casada, 1275
	y no se sabe con quién.
D. JUAN.	¿No os favorece?
MOTA.	Y me escribe.
CATALINÓN.	[Ap.]
	(No prosigas, que te engaña
	el gran burlador de España.)
D. JUAN.	Quien tan satisfecho vive 1280
	de su amor, ¿desdichas teme?
	Sacalda, solicitalda,
	escribilda y engañalda,
	y el mundo se abrase y queme.
MOTA.	Agora estoy aguardando 1285
	la postrer resolución.
D. JUAN.	Pues no perdáis la ocasión,
	que aquí os estoy aguardando.
MOTA.	Ya vuelvo.
CATALINÓN.	Señor Cuadrado,
	o señor Redondo, adiós. 1290
CRIADO.	Adiós.

Vase EL MARQUÉS, *y* EL CRIADO

D. JUAN.	Pues solos los dos,
	amigo, habemos quedado,
	síguele el paso al marqués,
	que en el palacio se entró.

Vase CATALINÓN

Habla por una reja UNA MUJER

MUJER.	Ce, ¿a quién digo?
D. JUAN.	¿Quién llamó?
MUJER.	Pues sois prudente y cortés

y su amigo, dalde luego
al marqués este papel;
mirad que consiste en él
de una señora el sosiego.

D. JUAN.   Digo que se lo daré;
soy su amigo y caballero.

MUJER.   Basta, señor forastero.
Adiós. *(Vase.)*

D. JUAN.   Ya la voz se fue.
¿No parece encantamento
esto que agora ha pasado?
A mí el papel ha llegado
por la estafeta del viento.

Sin duda que es de la dama
que el marqués me ha encarecido;
venturoso en esto he sido.
Sevilla a voces me llama
el Burlador, y el mayor
gusto que en mí puede haber
es burlar una mujer
y dejalla sin honor.

¡Vive Dios, que le he de abrir,
pues salí de la plazuela!
Mas, ¿si hubiese otra cautela?...
Gana me da de reír.

Ya está abierto el papel,
y que es suyo es cosa llana
porque aquí firma doña Ana.
Dice así: «Mi padre infiel
en secreto me ha casado
sin poderme resistir;
no sé si podré vivir
porque la muerte me ha dado.

Si estimas, como es razón,
mi amor y mi voluntad, 1330
y si tu amor fue verdad,
muéstralo en esta ocasión.
    Porque veas que te estimo,
ven esta noche a la puerta,
que estará a las once abierta, 1335
donde tu esperanza, primo,
    goces y el fin de tu amor.
Traerás, mi gloria, por señas
de Leonorilla y las dueñas,
una capa de color. 1340
    Mi amor todo de ti fío,
y adiós.» —¡Desdichado amante!
¿Hay suceso semejante?
Ya de la burla me río.
    Gozaréla, ¡vive Dios!, 1345
con el engaño y cautela
que en Nápoles a Isabela.

Sale CATALINÓN

CATALINÓN.   Ya el marqués viene.
D. JUAN.   Los dos
    aquesta noche tenemos
que hacer.
CATALINÓN.   ¿Hay engaño nuevo? 1350
D. JUAN.   Extremado.
CATALINÓN.   No lo apruebo.
    Tú pretendes que escapemos
    una vez, señor, burlados;
que el que vive de burlar
burlado habrá de escapar, 1355
pagando tantos pecados
    de una vez.
D. JUAN.   ¿Predicador
    te vuelves, impertinente?

CATALINÓN.	La razón hace al valiente.	
D. JUAN.	Y al cobarde hace el temor.	1360

     El que se pone a servir
voluntad no ha de tener,
y todo ha de ser hacer,
y nada ha de ser decir.

     Sirviendo, jugando estás,   1365
y si quieres ganar luego,
haz siempre, porque en el juego
quien más hace gana más.

CATALINÓN.
     También quien hace y dice
pierde por la mayor parte.   1370

D. JUAN.
Esta vez quiero avisarte
porque otra vez no te avise.

CATALINÓN.
     Digo que de aquí adelante
lo que me mandas haré,
y a tu lado forzaré   1375
un tigre y un elefante.

     Guárdese de mí un prior,
que si me mandas que calle
y le fuerce, he de forzalle
sin réplica, mi señor.   1380

Sale EL MARQUÉS DE LA MOTA

D. JUAN.
     Calla, que viene el marqués.

CATALINÓN.
Pues, ¿ha de ser el forzado?

D. JUAN.
Para vos, marqués, me han dado
un recaudo harto cortés
     por esa reja, sin ver   1385
el que me lo daba allí;

1369 *decir y hacer:* términos del juego de naipes; de ahí su uso en este contexto metafórico. Con esta muletilla se aceptaban envites y se apostaban dineros, lo que desemboca en pérdidas para el jugador.
1384 *recaudo:* recado.

sólo en la voz conocí
que me lo daba mujer.

   Dícete al fin que a las doce
vayas secreto a la puerta   1390
(que estará a las once abierta),
donde tu esperanza goce
   la posesión de tu amor,
y que llevases por señas
de Leonorilla y las dueñas   1395
una capa de color.

MOTA.   ¿Qué dices?

D. JUAN.   Que este recaudo
de una ventana me dieron
sin ver quién.

MOTA.   Con él pusieron
sosiego en tanto cuidado.   1400
   ¡Ay, amigo! Sólo en ti
mi esperanza renaciera.
Dame esos pies.

D. JUAN.   Considera
que no está tu prima en mí.
   Eres tú quien ha de ser   1405
quien la tiene de gozar,
¿y me llegas a abrazar
los pies?

MOTA.   Es tal el placer
que me ha sacado de mí.
¡Oh, sol! apresura el paso.   1410

D. JUAN.   Ya el sol camina al ocaso.

MOTA.   Vamos, amigos, de aquí,
   y de noche nos pondremos.
¡Loco voy!

[1413] *de noche:* se van a poner vestidos de noche para salir (se usaban otros durante el día).

D. JUAN.   [*Ap.*]
                            (Bien se conoce;
                    mas yo bien sé que a las doce   1410
                    harás mayores extremos.)
MOTA.   ¡Ay, prima del alma, prima,
                    que quieres premiar mi fe!
CATALINÓN.   (¡Vive Cristo, que no dé
                    una blanca por su prima!)   142

                Vase EL MARQUÉS, *y sale* D. DIEGO

D. DIEGO.   Don Juan.
CATALINÓN.   Tu padre te llama.
D. JUAN.   ¿Qué manda vueseñoría?
D. DIEGO.   Verte más cuerdo quería,
                    más bueno y con mejor fama.
                        ¿Es posible que procuras   1425
                    todas las horas mi muerte?
D. JUAN.   ¿Por qué vienes desa suerte?
D. DIEGO.   Por tu trato y tus locuras.
                        Al fin el rey me ha mandado
                    que te eche de la ciudad,   1430
                    porque está de una maldad
                    con justa causa indignado.
                        Que, aunque me lo has encubierto,
                    ya en Sevilla el rey lo sabe,
                    cuyo delito es tan grave,   1435
                    que a decírtelo no acierto.
                        ¿En el palacio real
                    traición, y con un amigo?
                    Traidor, Dios te dé el castigo
                    que pide delito igual.   1440
                        Mira que, aunque al parecer
                    Dios te consiente y aguarda,
                    su castigo no se tarda,
                    y que castigo ha de haber

	para los que profanáis	1445
	su nombre; que es juez fuerte	
	Dios en la muerte.	
D. JUAN.	¿En la muerte?	
	¿Tan largo me lo fiáis?	
	De aquí allá hay gran jornada.	
D. DIEGO.	Breve te ha de parecer.	1450
D. JUAN.	Y la que tengo de hacer,	
	pues a su alteza le agrada,	
	agora, ¿es larga también?	
D. DIEGO.	Hasta que el injusto agravio	
	satisfaga el duque Octavio,	1455
	y apaciguados estén	
	en Nápoles de Isabela	
	los sucesos que has causado,	
	en Lebrija retirado	
	por tu traición y cautela	1460
	quiere el rey que estés agora,	
	pena a tu maldad ligera.	
CATALINÓN.	*(Ap.)*	
	(Si el caso también supiera	
	de la pobre pescadora,	
	más se enojara el buen viejo.)	1465
D. DIEGO.	Pues no te vence castigo	
	con cuanto hago y cuanto digo,	
	a Dios tu castigo dejo. *(Vase.)*	
CATALINÓN.	Fuese el viejo enternecido.	
D. JUAN.	Luego las lágrimas copia,	1470
	condición de viejo propria.	
	Vamos, pues ha anochecido,	
	a buscar al marqués.	
CATALINÓN.	Vamos,	
	y al fin gozarás su dama.	
D. JUAN.	Ha de ser burla de fama.	1475
CATALINÓN.	Ruego al cielo que salgamos	
	della en paz.	
D. JUAN.	¡Catalinón	
	en fin!	

CATALINÓN.	Y tú, señor, eres
	langosta de las mujeres,
	y con público pregón,
	porque de ti se guardara,
	cuando a noticia viniera
	de la que doncella fuera,
	fuera bien se pregonara:
	«Guárdense todos de un hombre
	que a las mujeres engaña,
	y es el burlador de España.»
D. JUAN.	Tú me has dado gentil nombre.

1480

1485

Sale EL MARQUÉS, *de noche, con* MÚSICOS, *y pasea*
el tablado, y se entran cantando

MÚSICOS.	*El que un bien gozar espera,*
	cuanto espera desespera.
D. JUAN.	¿Qué es esto?
CATALINÓN.	Música es.
MOTA.	Parece que habla conmigo
	el poeta. ¿Quién va?
D. JUAN.	Amigo.
MOTA.	¿Es don Juan?
D. JUAN.	¿Es el marqués?
MOTA.	¿Quién puede ser sino yo?
D. JUAN.	Luego que la capa vi,
	que érades vos conocí.
MOTA.	Cantad, pues don Juan llegó.
[MÚSICOS.]	*(Cantan.) El que un bien gozar espera,*
	cuanto espera desespera.
D. JUAN.	¿Qué casa es la que miráis?
MOTA.	De don Gonzalo de Ulloa.
D. JUAN.	¿Dónde iremos?
MOTA.	A Lisboa.
D. JUAN.	¿Cómo, si en Sevilla estáis?
MOTA.	¿Pues aqueso os maravilla?

1490

1495

1500

1505

¿No vive, con gusto igual,
lo peor de Portugal
en lo mejor de Castilla?

D. JUAN.   ¿Dónde viven?

MOTA.   En la calle
de la Sierpe, donde ves   1510
a Adán vuelto en portugués;
que en aqueste amargo valle
    con bocados solicitan
mil Evas que, aunque dorados,
en efeto, son bocados   1515
con que el dinero nos quitan.

CATALINÓN.   Ir de noche no quisiera
por esa calle cruel,
pues lo que de día es miel
entonces lo dan en cera.   1520
    Una noche, por mi mal,
la vi sobre mí vertida,
y hallé que era corrompida
la cera de Portugal.

D. JUAN.   Mientras a la calle vais,   1525
yo dar un perro quisiera.

1506-1508 *lo peor de Portugal:* alude a las rameras portuguesas que
van a visitar. Lo mejor de Castilla es Sevilla (Andalucía se consideraba también parte de Castilla).

1510 y sigs. *Sierpe:* calle sevillana: la serpiente del Paraíso causó la
caída de Adán y Eva. Esta otra sierpe tienta a *Adán* (los hombres
que visitan a las prostitutas). Probablemente alude a la desnudez.
Portugués alude a la tópica condición enamoradiza que tenían los lu-
sitanos, además de estar aquí con prostitutas portuguesas. *Evas* se refiere a las rameras y *bocados* juega con la alusión a la manzana del Paraíso, al bocado o freno que sujeta las caballerías (aquí a los hombres:
estos frenos podían ser dorados) y al bocado de la codicia femenina.

1519 y sigs. La miel y cera se asocian en el plano real por ser producto
de las abejas. En el metafórico, *miel* alude a las dulzuras del amor y
cera significa 'excremento' (echaban la suciedad por las ventanas, lo
que estaba permitido a partir de ciertas horas nocturnas y avisando
con el grito «agua va»).

MOTA.	Pues cerca de aquí me espera
	un bravo.
D. JUAN.	Si me dejáis,
	señor marqués, vos veréis
	cómo de mí no se escapa.	1530
MOTA.	Vamos, y poneos mi capa,
	para que mejor lo deis.
D. JUAN.	Bien habéis dicho. Venid,
	y me enseñaréis la casa.
MOTA.	Mientras el suceso pasa,	1535
	la voz y el habla fingid.
	¿Veis aquella celosía?
D. JUAN.	Ya la veo.
MOTA.	Pues llegad
	y decid: «Beatriz», y entrad.
D. JUAN.	¿Qué mujer?
MOTA.	Rosada y fría.	1540
CATALINÓN.	Será mujer cantimplora.
MOTA.	En Gradas os aguardamos.
D. JUAN.	Adiós, marqués.
CATALINÓN.	¿Dónde vamos?
D. JUAN.	Calla, necio, calla agora;
	adonde la burla mía	1545
	ejecute.
CATALINÓN.	No se escapa
	nadie de ti.
D. JUAN.	El trueque adoro.
CATALINÓN.	Echaste la capa al toro.
D. JUAN.	No, el toro me echó la capa.

[*Vanse* D. JUAN *y* CATALINÓN]

[1542] *Gradas:* especie de andén o paseo en torno a la catedral de
Sevilla, muy frecuentado por los ociosos.
[1549] *toro:* Mota, a quien va a poner los cuernos don Juan, y que
le ha dado su propia capa para el engaño.

MOTA.	La mujer ha de pensar	1550
	que soy él.	
MÚSICOS.	¡Qué gentil perro!	
MOTA.	Esto es acertar por yerro.	
MÚSICOS.	Todo este mundo es errar.	
(Cantan.)	*El que un bien gozar espera,*	
	cuanto espera desespera.	1555

Vanse, y dice D.ª ANA *dentro*

DOÑA ANA.	¡Falso, no eres el marqués;
	que me has engañado!
D. JUAN.	Digo
	que lo soy.
D.ª ANA.	¡Fiero enemigo,
	mientes, mientes!

Sale D. GONZALO *con la espada desnuda*

D. GONZALO.	La voz es	
	de doña Ana la que siento.	1560
D.ª ANA.	¿No hay quien mate este traidor,	
	homicida de mi honor?	
D. GONZALO.	¿Hay tan grande atrevimiento?	
	Muerto honor, dijo, ¡ay de mí!,	
	y es su lengua tan liviana	1565
	que aquí sirve de campana.	
D.ª ANA.	Matalde.	

Sale D. JUAN, *y* CATALINÓN, *con las espadas desnudas*

D. JUAN.	¿Quién está aquí?
D. GONZALO.	¡La barbacana caída

[1568] *barbacana:* muralla baja, cerca del foso de una fortaleza, que está delante del muro.

      de la torre de mi honor,
      echaste en tierra, traidor,   1570
      donde era alcaide la vida.
D. JUAN.   Déjame pasar.
D. GONZALO.   ¿Pasar?
      Por la punta desta espada.
D. JUAN.   Morirás.
D. GONZALO.   No importa nada.
D. JUAN.   Mira que te he de matar.   1575
D. GONZALO.   ¡Muere, traidor!
D. JUAN.   Desta suerte
      muero.
CATALINÓN.   Si escapo desta,
      no más burlas, no más fiesta.
D. GONZALO. ¡Ay, que me has dado la muerte!
D. JUAN.   Tú la vida te quitaste.   1580
D. GONZALO. ¿De qué la vida servía?
D. JUAN.   Huye.

     Vase D. JUAN, *y* CATALINÓN

D. GONZALO.   Aguarda, que es sangría
      con que el valor me aumentaste;
      mas no es posible que aguarde.
      Seguiréle mi furor,   1585
      que es traidor, y el que es traidor
      es traidor porque es cobarde.

[1571] *alcaide:* gobernador de una fortaleza. La vida misma era guardián del honor (pues el honor debe defenderse con la propia vida si es necesario). El pasaje es algo confuso (se echa por tierra una barbacana ya caída). Rodríguez López Vázquez corrige el verso 1570 con el de TL: «que has combatido, traidor».

[1582] *sangría:* la herida es como una cura de sangría, que mejora y aumenta el ánimo y las fuerzas. En el Siglo de Oro se solía sangrar a los enfermos para curarlos de cualquier mal.

Entran muerto a D. GONZALO, *y sale* EL MARQUÉS
DE LA MOTA, *y* MÚSICOS

MOTA.	Presto las doce darán,
	y mucho don Juan se tarda;
	¡fiera prisión del que aguarda!

1590

Sale D. JUAN, *y* CATALINÓN

D. JUAN.	¿Es el marqués?
MOTA.	¿Es don Juan?
D. JUAN.	Yo soy; tomad vuestra capa.
MOTA.	¿Y el perro?
D. JUAN.	Funesto ha sido.
	Al fin, marqués, muerto ha habido.
CATALINÓN.	Señor, del muerto te escapa.
MOTA.	¿Búrlaste, amigo? ¿Qué haré?
CATALINÓN.	*(Ap.)*
	(Y a vos os ha burlado.)
D. JUAN.	Cara la burla ha costado.
MOTA.	Yo, don Juan, lo pagaré,
	porque estará la mujer
	quejosa de mí.
D. JUAN.	Las doce
	darán.
MOTA.	Como mi bien goce,
	nunca llegue a amanecer.
D. JUAN.	Adiós, marqués.
CATALINÓN.	Muy buen lance
	el desdichado hallará.
D. JUAN.	Huyamos.
CATALINÓN.	Señor, no habrá
	aguilita que me alcance. *(Vanse.)*
MOTA.	Vosotros os podéis ir
	todos a casa, que yo
	he de ir solo.

1595

1600

1605

CRIADOS.   Dios crió   1610
                  las noches para dormir.

        Vanse, y queda EL MARQUÉS DE LA MOTA

    (*Dentro.*)   ¿Viose desdicha mayor,
                  y viose mayor desgracia?
MOTA.   ¡Válgame Dios! Voces siento
                  en la plaza del Alcázar.   1615
                  ¿Qué puede ser a estas horas?
                  Un yelo el pecho me arraiga.
                  Desde aquí parece todo
                  una Troya que se abrasa,
                  porque tantas luces juntas   1620
                  hacen gigantes de llamas.
                  Un grande escuadrón de hachas
                  se acerca a mí; ¿por qué anda
                  el fuego emulando estrellas,
                  dividiéndose en escuadras?   1625
                  Quiero saber la ocasión.

        Sale D. DIEGO TENORIO, *y* LA GUARDA *con hachas*

D. DIEGO.   ¿Qué gente?
[MOTA.]   Gente que aguarda
                  saber de aqueste ruido
                  el alboroto y la causa.
D. DIEGO.   Prendeldo.
MOTA.   ¿Prenderme a mí?   1630
D. DIEGO.   Volved la espada a la vaina.
                  que la mayor valentía
                  es no tratar de las armas.

1622   *hachas:* antorchas.

MOTA.	¿Cómo al marqués de la Mota hablan ansí?
D. DIEGO.	Dad la espada; que el rey os manda prender. 1635
MOTA.	¡Vive Dios!

Sale EL REY, *y* ACOMPAÑAMIENTO

REY.	En toda España no ha de caber, ni tampoco en Italia, si va a Italia.
D. DIEGO.	Señor, aquí está el marqués. 1640
MOTA.	¿Vuestra alteza a mí me manda prender?
REY.	Llevalde y ponelde la cabeza en una escarpia. ¿En mi presencia te pones?
MOTA.	¡Ah, glorias de amor tiranas, 1645 siempre en el pasar ligeras, como en el vivir pesadas! Bien dijo un sabio que había entre la boca y la taza peligro; mas el enojo 1650 del rey me admira y espanta. No sé por lo que voy preso.
D. DIEGO.	¿Quién mejor sabrá la causa que vueseñoría?
MOTA.	¿Yo?
D. DIEGO.	Vamos.
MOTA.	¡Confusión extraña! 1655
REY.	Fulmínesele el proceso al marqués luego, y mañana le cortarán la cabeza.

[1656] *fulminar el proceso:* instruirlo con la mayor rapidez, juzgarlo inmediatamente.

Y al Comendador, con cuanta
solenidad y grandeza   1660
se da a las personas sacras
y reales, el entierro
se haga; en bronce y piedras varias
un sepulcro con un bulto
le ofrezcan, donde en mosaicas   1665
labores, góticas letras
den lenguas a sus venganzas.
Y entierro, bulto y sepulcro
quiero que a mi costa se haga.
¿Dónde doña Ana se fue?   1670

D. DIEGO.   Fuese al sagrado, doña Ana,
de mi señora la reina.

REY.   Ha de sentir esta falta
Castilla; tal capitán
ha de llorar Calatrava. *(Vanse todos.)*   1675

Sale BATRICIO *desposado, con* AMINTA; GASENO,
viejo; BELISA, *y* PASTORES *músicos*

(Cantan.)   *Lindo sale el sol de abril*
con trébol y toronjil;
y aunque le sirve de estrella,
Aminta sale más bella.

BATRICIO.   Sobre esta alfombra florida,   1680
adonde en campos de escarcha
el sol sin aliento marcha
con su luz recién nacida,
os sentad, pues nos convida
al tálamo el sitio hermoso.   1685

AMINTA.   Cantalde a mi dulce esposo
favores de mil en mil.

1664   *bulto:* estatua.
1666   *góticas:* de gran tamaño. (No es aquí precisión caligráfica.)

(Cantan.)	*Lindo sale el sol de abril*
	con trébol y toronjil;
	y aunque le sirve de estrella 1690
	Aminta sale más bella.
GASENO.	Ya, Batricio, os he entregado
	el alma y ser en mi Aminta.
BATRICIO.	Por eso se baña y pinta
	de más colores el prado. 1695
	Con deseos la he ganado,
	con obras la he merecido.
MÚSICOS.	Tal mujer y tal marido
	vivan juntos años mil.
	Lindo sale el sol de abril 1700
	con trébol y toronjil;
	y aunque le sirve de estrella,
	Aminta sale más bella.
BATRICIO.	No sale así el sol de oriente
	como el sol que al alba sale, 1705
	que no hay sol que al sol se iguale
	de sus niñas y su frente,
	a este sol claro y luciente
	que eclipsa al sol su arrebol;
	y así cantalde a mi sol 1710
	motetes de mil en mil.
(Cantan.)	*Lindo sale el sol de abril,*
	con trébol y toronjil;
	y aunque le sirve de estrella,
	Aminta sale más bella. 1715
AMINTA.	Batricio, yo lo agradezco;
	falso y lisonjero estás;
	mas si tus rayos me das,

1711   *motetes:* según explica Covarrubias «compostura de voces, cuya letra es alguna sentencia de lugares de la Escritura»: aquí 'cancioncilla'.

              por ti ser luna merezco;
              tú eres el sol por quien crezco   1720
                  después de salir menguante.
              Para que el alba te cante
              la salva en tono sutil,
(Cantan.)   *lindo sale el sol de abril*
              con trébol y toronjil;   1725
                  y aunque le sirve de estrella
              Aminta sale más bella.

              Sale CATALINÓN, *de camino*

CATALINÓN.   Señores, el desposorio
              huéspedes ha de tener.
GASENO.   A todo el mundo ha de ser   1730
              este contento notorio.
              ¿Quién viene?
CATALINÓN.   Don Juan Tenorio
GASENO.   ¿El viejo?
CATALINÓN.   No ese don Juan.
BELISA.   Será su hijo galán.
BATRICIO.   Téngolo por mal agüero;   1735
              que galán y caballero
              quitan gusto y celos dan.
                  Pues, ¿quién noticia les dio
              de mis bodas?
CATALINÓN.   De camino
              pasa a Lebrija.
BATRICIO.   Imagino   1740
              que el demonio le envió.
              Mas, ¿de qué me aflijo yo?
              Vengan a mis dulces bodas

[1723] *cantar la salva:* hacer la salva era anunciar con disparos o músicas la presencia de alguien importante.

	del mundo las gentes todas.	
	Mas, con todo, un caballero	1745
	en mis bodas, ¡mal agüero!	
GASENO.	Venga el Coloso de Rodas,	
	venga el Papa, el Preste Juan	
	y don Alonso el Onceno	
	con su corte; que en Gaseno	1750
	ánimo y valor verán.	
	Montes en casa hay de pan,	
	Guadalquivides de vino,	
	Babilonias de tocino,	
	y entre ejércitos cobardes	1755
	de aves, para que las lardes,	
	el pollo y el palomino.	
	Venga tan gran caballero	
	a ser hoy en Dos Hermanas	
	honra destas viejas canas.	1760
BELISA.	El hijo del Camarero	
	mayor...	
BATRICIO.	[*Ap.*] (Todo es mal agüero	
	para mí, pues le han de dar	
	junto a mi esposa lugar.	
	Aún no gozo y ya los cielos	1765
	me están condenando a celos.	
	Amor, sufrir y callar.)	

[1747] *coloso de Rodas:* enorme estatua levantada en Rodas, una de las maravillas de la antigüedad.

[1748] *preste Juan:* legendario rey que se solía identificar con el emperador de Etiopía, y que era arquetipo de riqueza y poder.

[1753] *Guadalquivides:* metonimia por 'ríos' de vino. Rodríguez López Vázquez y otros editores piensan que hay un juego de palabras con *vides*.

[1756] *lardar:* pringar con grasa las carnes puestas a asar, mechar con tocino. En P lee «cardes», que creo errata.

[1759] *Dos Hermanas:* pueblo de Sevilla.

Sale D. JUAN TENORIO

D. JUAN.	Pasando acaso he sabido
	que hay bodas en el lugar,
	y dellas quise gozar,
	pues tan venturoso he sido.
GASENO.	Vueseñoría ha venido
	a honrallas y engrandecellas.
BATRICIO.	[*Ap.*] (Yo, que soy el dueño dellas,
	digo entre mí que vengáis
	en hora mala.)
GASENO.	¿No dais
	lugar a este caballero?
D. JUAN.	Con vuestra licencia quiero
	sentarme aquí.
	(Siéntase junto a la novia.)
BATRICIO.	Si os sentáis
	delante de mí, señor,
	seréis de aquesa manera
	el novio.
D. JUAN.	Cuando lo fuera
	no escogiera lo peor.
GASENO.	¡Que es el novio!
D. JUAN.	De mi error
	y ignorancia perdón pido.
CATALINÓN.	(¡Desventurado marido!)
DON JUAN.	(Corrido está.)
	[*Aparte a* CATALINÓN.]
CATALINÓN.	(No lo ignoro;
	mas si tiene de ser toro,
	¿qué mucho que esté corrido?

1770

1775

1780

1785

1787 *corrido*: avergonzado, apurado.
1788-1789 Juego de palabras del gracioso: correr los toros es 'torearlos'; a Batricio, por toro (cornudo) le corresponde estar corrido.

	No daré por su mujer	1790
	ni por su honor un cornado.	
	¡Desdichado tú, que has dado	
	en manos de Lucifer!)	
D. JUAN.	¿Posible es que vengo a ser,	
	señora, tan venturoso?	1795
	Envidia tengo al esposo.	
AMINTA.	Parecéisme lisonjero.	
BATRICIO.	Bien dije que es mal agüero	
	en bodas un poderoso.	
GASENO.	Ea, vamos a almorzar,	1800
	porque pueda descansar	
	un rato su señoría.	

Tómale D. JUAN *la mano a la novia.*

D. JUAN.	¿Por qué la escondéis?	
AMINTA.	Es mía.	
GASENO.	Vamos.	
BELISA.	Volved a cantar.	
D. JUAN.	¿Qué dices tú?	
CATALINÓN.	¿Yo? Que temo	1805
	muerte vil destos villanos.	
D. JUAN.	Buenos ojos, blancas manos,	
	en ellos me abraso y quemo.	
CATALINÓN.	¡Almagrar y echar a extremo!	
	Con ésta cuatro serán.	181\
D. JUAN.	Ven, que mirándome están.	

[1791] *cornado:* moneda de poco valor. Es tópico su uso alusivo a los cuernos.

[1809] *almagrar y echar a extremo:* explica Correas que es, por metáfora del ganado ovejuno, «escoger [...] echar aparte». Se marcaba con almagre a las ovejas antes de llevarlas a pastar al extremo (lugar donde van a invernar los ganados). Aminta es para don Juan otra oveja más que marca como suya y que pronto abandonará. La frase proverbial se aplicaba «al que habiéndose aprovechado de una mujer, la desecha y busca otra» (Covarrubias).

BATRICIO.   ¿En mis bodas caballero?
                  ¡Mal agüero!
GASENO.   Cantad.
BATRICIO.   Muero.
CATALINÓN.   Canten; que ellos llorarán.

Vanse todos, con que da fin la Segunda Jornada

JORNADA TERCERA

Sale BATRICIO, *pensativo*

BATRICIO.
　　　　Celos, reloj de cuidados 　　　　1815
que a todas las horas dais
tormentos con que matáis,
aunque dais desconcertados;
　　celos, del vivir desprecios,
con que ignorancias hacéis, 　　　　1820
pues todo lo que tenéis
de ricos tenéis de necios,
　　dejadme de atormentar,
pues es cosa tan sabida
que cuando amor me da vida 　　　　1825
la muerte me queréis dar.
　　¿Qué me queréis, caballero,
que me atormentáis ansí?
Bien dije cuando le vi
en mis bodas, «¡Mal agüero!» 　　　　1830
　　¿No es bueno que se sentó
a cenar con mi mujer
y a mí en el plato meter
la mano no me dejó?
　　Pues cada vez que quería 　　　　1835
metella la desviaba,
diciendo a cuanto tomaba,
«¡Grosería, grosería!»

Pues llegándome a quejar
a algunos, me respondían   1840
y con risa me decían:
«No tenéis de qué os quejar,
   eso no es cosa que importe;
no tenéis de qué temer;
callad, que debe de ser   1845
uso de allá de la corte.»
   ¡Buen uso, trato extremado!
¡Más no se usara en Sodoma!
¡Que otro con la novia coma,
y que ayune el desposado!   1850
   Pues el otro bellacón
a cuanto comer quería,
«¿Esto no come?», decía;
«No tenéis, señor, razón»,
   y de delante al momento   1855
me lo quitaba. Corrido
estó; bien sé yo que ha sido
culebra y no casamiento.
   Ya no se puede sufrir
ni entre cristianos pasar,   1860
y acabando de cenar
con los dos, ¿mas que a dormir
   se ha de ir también, si porfía,
con nosotros, y ha de ser
el llegar yo a mi mujer,   1865
«Grosería, grosería»?
   Ya viene, no me resisto;
aquí me quiero esconder;
pero ya no puede ser,
que imagino que me ha visto.   1870

[1847]   *trato extremado:* comportamiento exquisito (ironía aquí).
[1858]   *culebra:* broma pesada que se daba a los presos novatos en las cárceles. Por extensión 'chasco, broma pesada'.

Sale D. Juan Tenorio

D. Juan.	Batricio...
Batricio.	Batricio...Su señoría,
	¿qué manda?
D. Juan.	Haceros saber...
Batricio.	[*Ap.*] (¿Mas que ha de venir a ser
	alguna desdicha mía?)
D. Juan.	... que ha muchos días, Batricio, 1875
	que a Aminta el alma di,
	y he gozado...
Batricio.	¿Su honor?
D. Juan.	Sí.
Batricio.	[*Ap.*] (Manifiesto y claro indicio
	de lo que he llegado a ver,
	que si bien no le quisiera, 1880
	nunca a su casa viniera.
	Al fin, al fin es mujer.)
D. Juan.	Al fin, Aminta, celosa,
	o quizá desesperada
	de verse de mí olvidada 1885
	y de ajeno dueño esposa,
	esta carta me escribió
	enviándome a llamar,
	y yo prometí gozar
	lo que el alma prometió. 1890
	Esto pasa de esta suerte.
	Dad a vuestra vida un medio,
	que le daré sin remedio
	a quien lo impida, la muerte.
Batricio.	Si tú en mi elección lo pones 1895
	tu gusto pretendo hacer,
	que el honor y la mujer

son males en opiniones.
  La mujer en opinión
siempre más pierde que gana,   1900
que son como la campana,
que se estima por el son.
  Y así es cosa averiguada
que opinión viene a perder,
cuando cualquiera mujer   1905
suena a campana quebrada.
  No quiero, pues me reduces
el bien que mi amor ordena,
mujer entre mala y buena,
que es moneda entre dos luces.   1910
  Gózala, señor, mil años,
que yo quiero resistir,
desengañar y morir,
y no vivir con engaños. *(Vase.)*

D. JUAN.   Con el honor le vencí,   1915
porque siempre los villanos
tienen su honor en las manos
y siempre miran por sí.
  Que por tantas variedades
es bien que se entienda y crea   1920
que el honor se fue al aldea
huyendo de las ciudades.
  Pero antes de hacer el daño
le pretendo reparar;
a su padre voy a hablar   1925
para autorizar mi engaño.

[1898]   *son males en opiniones:* cuando el honor y la mujer corren en opiniones y comentarios de la gente, son males, algo nefasto que implica ya la deshonra en la mera sospecha.
[1919]   *variedades:* algunos editores editan «falsedades» (TL), pero se puede entender, como indica Rodríguez López Vázquez, variedad 'inconstancia, inestabilidad, volubilidad'.

Bien lo supe negociar;
gozarla esta noche espero.
La noche camina, y quiero
su viejo padre llamar.   1930
   Estrellas que me alumbráis,
dadme en este engaño suerte,
si el galardón en la muerte
tan largo me lo guardáis. *(Vase.)*

Sale AMINTA y BELISA

BELISA.	Mira que vendrá tu esposo;	1935
	entra a desnudarte, Aminta.	
AMINTA.	De estas infelices bodas	
	no sé qué siento, Belisa.	
	Todo hoy mi Batricio ha estado	
	bañado en melancolía,	1940
	todo en confusión y celos;	
	¡mirad qué grande desdicha!	
	Di, ¿qué caballero es éste	
	que de mi esposo me priva?	
	La desvergüenza en España	1945
	se ha hecho caballería.	
	Déjame, que estoy sin seso;	
	déjame, que estoy corrida.	
	¡Mal hubiese el caballero	
	que mis contentos me priva!	1950
BELISA.	Calla, que pienso que viene;	
	que nadie en la casa pisa	
	de un desposado, tan recio.	
AMINTA.	Queda a Dios, Belisa mía.	
BELISA.	Desenójale en los brazos.	1955
AMINTA.	¡Plega a los cielos que sirvan	
	mis suspiros de requiebros,	
	mis lágrimas de caricias! *(Vanse.)*	

Sale D. JUAN, CATALINÓN, GASENO

D. JUAN.	Gaseno, quedad con Dios.
GASENO.	Acompañaros querría, 1960
	por dalle de esta ventura
	el parabién a mi hija.
D. JUAN.	Tiempo mañana nos queda.
GASENO.	Bien decís; el alma mía
	en la muchacha os ofrezco. [*Vase.*] 1965
D. JUAN.	Mi esposa, decid. Ensilla,
	Catalinón.
CATALINÓN.	¿Para cuándo?
D. JUAN.	Para el alba, que de risa
	muerta ha de salir mañana
	deste engaño.
CATALINÓN.	Allá en Lebrija, 1970
	señor, nos está aguardando
	otra boda. Por tu vida,
	que despaches presto en ésta.
D. JUAN.	La burla más escogida
	de todas ha de ser ésta. 1975
CATALINÓN.	Que saliésemos querría
	de todas bien.
D. JUAN.	Si es mi padre
	el dueño de la justicia
	y es la privanza del rey,
	¿qué temes?
CATALINÓN.	De los que privan 1980
	suele Dios tomar venganza,
	si delitos no castigan,
	y se suelen en el juego
	perder también los que miran.
	Yo he sido mirón del tuyo, 1985
	y por mirón no querría
	que me cogiese algún rayo
	y me trocase en ceniza.

D. JUAN.	Vete, ensilla; que mañana
	he de dormir en Sevilla.
CATALINÓN.	¿En Sevilla?
D. JUAN.	Sí.
CATALINÓN.	¿Qué dices?
	Mira lo que has hecho y mira
	que hasta la muerte, señor,
	es corta la mayor vida,
	y que hay tras la muerte infierno.
D. JUAN.	Si tan largo me lo fías,
	vengan engaños.
CATALINÓN.	Señor...
D. JUAN.	Vete, que ya me amohínas
	con tus temores extraños.
CATALINÓN.	Fuerza al turco, fuerza al scita,
	al persa y al caramanto,
	al gallego, al troglodita,
	al alemán y al japón,
	al sastre con la agujita
	de oro en la mano, imitando
	contino a *la Blanca niña*. *(Vase)*
D. JUAN.	La noche en negro silencio
	se extiende, y ya las cabrillas
	entre racimos de estrellas
	el polo más alto pisan.
	Yo quiero poner mi engaño

1990

1995

2000

2005

1998   *amohínas:* enfadas.
2000   *scita:* de Scitia, región del Asia Antigua. Tenían fama de feroces y crueles.
2001   *caramanto:* garamanto o garamante, habitante de Libia.
2003   *japón:* japonés.
2003-2006   El pasaje parece un disparate cómico de Catalinón. Cita al sastre y lo asocia a la evocación del romance de Blanca niña («Estaba la blanca niña [...] bordando en su bastidor») porque ésta borda. Ver la nota de A. Castro.
2008   *cabrillas:* constelación de estrellas que también llaman Pléyades.

                    por obra. El amor me guía
                    a mi inclinación, de quien
                    no hay hombre que se resista.
                    Quiero llegar a la cama.   2015
                    ¡Aminta!

          Sale AMINTA *como que está acostada*

AMINTA.   ¿Quién llama a Aminta?
                    ¿Es mi Batricio?
D. JUAN.   No soy
                    tu Batricio.
AMINTA.   Pues, ¿quién?
D. JUAN.   Mira
                    de espacio, Aminta, quién soy.
AMINTA.   ¡Ay de mí! ¡Yo soy perdida!   2020
                    ¿En mi aposento a estas horas?
D. JUAN.   Estas son las horas mías.
AMINTA.   Volveos, que daré voces.
                    No excedáis la cortesía
                    que a mi Batricio se debe.   2025
                    Ved que hay romanas Emilias
                    en Dos Hermanas también,
                    y hay Lucrecias vengativas.
D. JUAN.   Escúchame dos palabras,
                    y esconde de las mejillas   2030
                    en el corazón la grana,
                    por ti más preciosa y rica.
AMINTA.   Vete, que vendrá mi esposo.
D. JUAN.   Yo lo soy. ¿De qué te admiras?

[2026-2028] Aminta pondera su fidelidad amorosa evocando a dos cé-
lebres mujeres romanas: Emilia, esposa de Escipión el Africano, símbolo de fidelidad conyugal, y Lucrecia, que se suicidó tras ser
deshonrada por Tarquino, lo que excitó a la rebelión de Roma contra
la monarquía de los Tarquinos.

AMINTA.	¿Desde cuándo?
D. JUAN.	Desde agora.
AMINTA.	¿Quién lo ha tratado?
D. JUAN.	Mi dicha.
AMINTA.	¿Y quién nos casó?
D. JUAN.	Tus ojos.
AMINTA.	¿Con qué poder?
D. JUAN.	Con la vista.
AMINTA.	¿Sábelo Batricio?
D. JUAN.	Sí;
	que te olvida.
AMINTA.	¿Que me olvida?
D. JUAN.	Sí; que yo te adoro.
AMINTA.	¿Cómo?
D. JUAN.	Con mis dos brazos.
AMINTA.	Desvía.
D. JUAN.	¿Cómo puedo, si es verdad
	que muero?
AMINTA.	¡Qué gran mentira!
D. JUAN.	Aminta, escucha y sabrás,

2035

2040

2045

si quieres que te lo diga,
la verdad; que las mujeres
sois de verdades amigas.
Yo soy noble caballero,
cabeza de la familia   2050
de los Tenorios, antiguos
ganadores de Sevilla.
Mi padre, después del rey,
se reverencia y estima,
y en la corte, de sus labios   2055
pende la muerte o la vida.
Corriendo el camino acaso,
llegué a verte; que amor guía

---

tal vez las cosas de suerte,
que él mismo dellas se admira.   2060
Vite, adoréte, abraséme
tanto, que tu amor me anima
a que contigo me case;
mira qué acción tan precisa.
Y aunque lo mormure el reino,   2065
y aunque el rey lo contradiga,
y aunque mi padre enojado
con amenazas lo impida,
tu esposo tengo de ser.
¿Qué dices?

AMINTA.   No sé qué diga;   2070
que se encubren tus verdades
con retóricas mentiras.
Porque si estoy desposada,
como es cosa conocida,
con Batricio, el matrimonio   2075
no se absuelve aunque él desista.

D. JUAN.   En no siendo consumado,
por engaño o por malicia
puede anularse.

AMINTA.   En Batricio
todo fue verdad sencilla.   2080

D. JUAN.   Ahora bien; dame esa mano,
y esta voluntad confirma
con ella.

AMINTA.   ¿Que no me engañas?

D. JUAN.   Mío el engaño sería.

AMINTA.   Pues jura que cumplirás   2085
la palabra prometida.

D. JUAN.   Juro a esta mano, señora,
infierno de nieve fría,
de cumplirte la palabra.

[2076] *absuelve:* disuelve.

AMINTA.	Jura a Dios que te maldiga	2090
	si no la cumples.	
D. JUAN.	Si acaso	
	la palabra y la fe mía	
	te faltare, ruego a Dios	
	que a traición y alevosía	
	me dé muerte un hombre... (muerto;	2095
	que vivo, ¡Dios no permita!).	
AMINTA.	Pues con ese juramento	
	soy tu esposa.	
D. JUAN.	El alma mía	
	entre los brazos te ofrezco.	
AMINTA.	Tuya es el alma y la vida.	2100
D. JUAN.	¡Ay, Aminta de mis ojos!	
	Mañana sobre virillas	
	de tersa plata estrellada	
	con clavos de oro de Tíbar	
	pondrás los hermosos pies,	2105
	y en prisión de gargantillas	
	la alabastrina garganta,	
	y los dedos en sortijas,	
	en cuyo engaste parezcan	
	trasparentes perlas finas.	2110
AMINTA.	A tu voluntad, esposo,	
	la mía desde hoy se inclina;	
	tuya soy.	
D. JUAN.	[*Ap.*] (¡Qué mal conoces	
	al burlador de Sevilla!) *(Vanse.)*	

[2102] *virilla:* adorno en el calzado de las mujeres que servía también de refuerzo entre la suela y el cuero. Se solía adornar con tachuelas y cintas de plata y oro en los zapatos lujosos.

[2104] *Tíbar:* región africana (Costa de Oro, Ghana) de donde procedía un oro muy apreciado en el XVII.

Sale ISABELA y FABIO, *de camino*

ISABELA.   ¡Que me robase el dueño,   2115
                   la prenda que estimaba y más quería!
                   ¡Oh riguroso empeño
                   de la verdad! ¡Oh máscara del día!
                   ¡Noche al fin, tenebrosa,
                   antípoda del sol, del sueño esposa!   2120
FABIO.   ¿De qué sirve, Isabela,
                   la tristeza en el alma y en los ojos,
                   si amor todo es cautela,
                   y en campos de desdenes causa enojos,
                   si el que se ríe agora   2125
                   en breve espacio desventuras llora?
                   El mar está alterado
                   y en grave temporal; tiempo se corre.
                   El abrigo han tomado
                   las galeras, duquesa, de la torre   2130
                   que esta playa corona.
ISABELA.   ¿Dónde estamos ahora?
FABIO.   En Tarragona.
                   De aquí a poco espacio
                   daremos en Valencia, ciudad bella,
                   del mismo sol palacio.   2135
                   Divertiráste algunos días en ella,
                   y después a Sevilla
                   irás a ver la octava maravilla.

---

²¹¹⁵   *robase:* el sujeto de *robase*, según A. Castro, es don Juan;
para Wade y Hesse, la noche (v. 2119). Ambos creen que *el dueño*
es objeto directo y se refiere a Octavio, dueño de Isabela y prenda
querida de ésta (de quien la priva la traición de don Juan). Otros
editores interpretan que lo robado es la honra y don Juan (dueño de
Isabela porque la van a casar con él), el ladrón que la robó sin necesidad.
²¹²⁸   *tiempo se corre:* corre temporal, hay tormenta. En léxico marinero *tiempo* significa borrasca, temporal.

	Que si a Octavio perdiste,	
	más galán es don Juan, y de notorio	2140
	solar. ¿De qué estás triste?	
	Conde dicen que es ya don Juan Te-	
	el rey con él te casa, [norio;	
	y el padre es la privanza de su casa.	
ISABELA.	No nace mi tristeza	2145

Que si a Octavio perdiste,
más galán es don Juan, y de notorio   2140
solar. ¿De qué estás triste?
Conde dicen que es ya don Juan Te-
el rey con él te casa,   [norio;
y el padre es la privanza de su casa.

ISABELA.
No nace mi tristeza   2145
de ser esposa de don Juan, que el mundo
conoce su nobleza;
en la esparcida voz mi agravio fundo;
que esta opinión perdida
es de llorar mientras tuviere vida.   2150

FABIO.
Allí una pescadora
tiernamente suspira y se lamenta,
y dulcemente llora.
Acá viene, sin duda, y verte intenta.
Mientras llamo tu gente,   2155
lamentaréis las dos más dulcemente.

Vase FABIO *y sale* TISBEA

TISBEA.
Robusto mar de España,
ondas de fuego, fugitivas ondas,
Troya de mi cabaña,
que ya el fuego, por mares y por ondas,   2160
en sus abismos fragua,
y el mar forma, por las llamas, agua.
¡Maldito el leño sea
que a tu amargo cristal halló camino,
antojo de Medea,   2165
tu cáñamo primero o primer lino,
aspado de los vientos
para telas de engaños e instrumentos!

2165 *Medea:* famosa hechicera antigua que se enamoró de Jasón, jefe de los argonautas, anotado en otro lugar. Todo este pasaje alude a los males de la navegación (cáñamo y lino aluden a los cordajes y velas de los barcos).

ISABELA.   ¿Por qué del mar te quejas
                  tan tiernamente, hermosa pescadora?   2170
TISBEA.   Al mar formo mil quejas.
                  ¡Dichosa vos, que en su tormento, agora
                  dél os estáis riendo!
ISABELA.   También quejas del mar estoy haciendo.
                     ¿De dónde sois?
TISBEA.   De aquellas   2175
                  cabañas que miráis del viento heridas
                  tan vitorioso entre ellas,
                  cuyas pobres paredes desparcidas
                  van en pedazos graves,
                  dando en mil grietas nidos a las aves.   2180
                     En sus pajas me dieron
                  corazón de fortísimo diamante;
                  mas las obras me hicieron,
                  deste monstruo que ves tan arrogante,
                  ablandarme de suerte,   2185
                  que al sol la cera es más robusta y fuerte.
                     ¿Sois vos la Europa hermosa
                  que esos toros os llevan?
ISABELA.   A Sevilla
                  llévanme a ser esposa
                  contra mi voluntad.
TISBEA.   Si mi mancilla   2190
                  a lástima os provoca,
                  y si injurias del mar os tienen loca,
                     en vuestra compañía
                  para serviros como humilde esclava
                  me llevad; que querría,   2195
                  si el dolor o la afrenta no me acaba,

2187-2188   Alusión al robo de la ninfa Europa, secuestrada por Júpiter transformado en toro (que la puso sobre su lomo para atravesar
el mar). La metáfora toro='barco' se da en otros escritores en con-
textos parecidos.

                pedir al rey justicia
                de un engaño cruel, de una malicia.
                  Del agua derrotado,
                a esta tierra llegó don Juan Tenorio,   2200
                difunto y anegado;
                amparéle, hospedéle en tan notorio
                peligro, y el vil güésped
                víbora fue a mi planta en tierno césped.
                  Con palabra de esposo,   2205
                la que de esta costa burla hacía
                se rindió al engañoso;
                ¡mal haya la mujer que en hombres fía!
                Fuese al fin, y dejóme;
                mira si es justo que venganza tome.   2210

ISABELA.   ¡Calla, mujer maldita!
                Vete de mi presencia, que me has
                Mas si el dolor te incita,   [muerto.
                no tienes culpa tú. Prosigue ¿es cierto?
TISBEA.   Tan claro es como el día.   2215
ISABELA.   ¡Mal haya la mujer que en hombres fía!
                  Pero sin duda el cielo
                a ver estas cabañas me ha traído,
                y de ti mi consuelo
                en tan grave pasión ha renacido   2220
                para venganza mía.
                ¡Mal haya la mujer que en hombres fía!
TISBEA.   Que me llevéis os ruego
                con vos, señora, a mí y a un viejo padre,
                porque de aqueste fuego   2225
                la venganza me dé que más me cuadre,
                y al rey pida justicia
                deste engaño y traición, desta malicia.
                  Anfriso, en cuyos brazos
                me pensé ver en tálamo dichoso,   2230
                dándole eternos lazos,
                conmigo ha de ir, que quiere ser mi es-
                Ven en mi compañía.   [poso.

TISBEA.	¡Mal haya la mujer que en hombres fía!
	(Vanse.)

Sale D. JUAN y CATALINÓN

CATALINÓN.	Todo en mal estado está.	2235
D. JUAN.	¿Cómo?	
CATALINÓN.	Que Octavio ha sabido	
	la traición de Italia ya,	
	y el de la Mota ofendido	
	de ti justas quejas da,	
	y dice que fue el recaudo	2240
	que de su prima le diste	
	fingido y disimulado,	
	y con su capa emprendiste	
	la traición que le ha infamado.	
	Dice que viene Isabela	2245
	a que seas su marido,	
	y dicen...	
D. JUAN.	¡Calla!	
CATALINÓN.	Una muela	
	en la boca me has rompido.	
D. JUAN.	Hablador, ¿quién te revela	
	tanto disparate junto?	2250
CATALINÓN.	¡Disparate, disparate!	
	Verdades son.	
D. JUAN.	No pregunto	
	si lo son. Cuando me mate	
	Otavio, ¿estoy yo difunto?	
	¿No tengo manos también?	2255
	¿Dónde me tienes posada?	
CATALINÓN.	En calle oculta.	
D. JUAN.	Está bien.	

---

²⁵⁸ *iglesia:* la escena se desarrolla en una iglesia (véase vv. 2270 y
siguientes) donde se ha refugiado don Juan (el lugar sagrado tenía
derecho de asilo para los perseguidos por la justicia). Catalinón le ha
buscado una posada discreta, pero sugiere que la iglesia sigue siendo
el mejor lugar.

CATALINÓN.	La iglesia es tierra sagrada.
D. JUAN.	Di que de día me den
	en ella la muerte. ¿Viste 2260
	al novio de Dos Hermanas?
CATALINÓN.	También le vi ansiado y triste.
D. JUAN.	Aminta estas dos semanas
	no ha de caer en el chiste.
CATALINÓN.	Tan bien engañada está, 2265
	que se llama doña Aminta.
D. JUAN.	¡Graciosa burla será!
CATALINÓN.	Graciosa burla y sucinta,
	mas siempre la llorará.

Descúbrese un sepulcro de D. GONZALO DE ULLOA

D. JUAN.	¿Qué sepulcro es éste?
CATALINÓN.	Aquí 2270
	don Gonzalo está enterrado.
D. JUAN.	Este es el que muerte di.
	¡Gran sepulcro le han labrado!
CATALINÓN.	Ordenólo el rey ansí.
	¿Cómo dice este letrero? 2275
D. JUAN.	«Aquí aguarda del Señor,
	el más leal caballero,
	la venganza de un traidor.»
	Del mote reírme quiero.
	¿Y habéisos vos de vengar, 2280
	buen viejo, barbas de piedra?

2279 *mote:* frase que se escribía en los escudos de armas u ostentaban los caballeros en los torneos. Se aplica aquí a la inscripción del sepulcro.

CATALINÓN.	No se las podrás pelar;
	que en barbas muy fuertes medra.
D. JUAN.	Aquesta noche a cenar
	os aguardo en mi posada.

Allí el desafío haremos,
si la venganza os agrada;
aunque mal reñir podremos,
si es de piedra vuestra espada.

CATALINÓN. Ya, señor, ha anochecido;
vámonos a recoger.

D. JUAN. Larga esta venganza ha sido,
si es que vos la habéis de hacer;
importa no estar dormido,
que si a la muerte aguardáis
la venganza, la esperanza
agora es bien que perdáis,
pues vuestro enojo y venganza
tan largo me lo fiáis.

Vanse, y ponen la mesa dos CRIADOS

CRIADO 1.º   Quiero apercebir la cena,
que vendrá a cenar don Juan.

[CRIADO] 2.º   Puestas las mesas están.
¡Qué flema tiene si empieza!
Ya tarda como solía
mi señor; no me contenta;
la bebida se calienta
y la comida se enfría.
Mas, ¿quién a don Juan ordena
esta desorden?

2285

2290

2295

2300

2305

---

²³⁰⁰ *cena:* no rima con el verso 2303. El pasaje plantea dificultades textuales que no puedo comentar aquí. Véase la nota de Rodríguez López Vázquez en su edición crítica.

Entra D. JUAN *y* CATALINÓN

D. JUAN.	¿Cerraste?
CATALINÓN.	Ya cerré como mandaste. 2310
D. JUAN.	¡Hola! Tráiganme la cena.
[CRIADO] 2.°	Ya está aquí.
D. JUAN.	Catalinón, siéntate.
CATALINÓN.	Yo soy amigo de cenar de espacio.
D. JUAN.	Digo que te sientes.
CATALINÓN.	La razón 2315 haré.
CRIADO 1.°	También es camino éste, si come con él.
D. JUAN.	Siéntate. *Un golpe dentro.*
CATALINÓN.	Golpe es aquél.
D. JUAN.	Que llamaron imagino; mira quién es.
[CRIADO].	Voy volando. 2320
CATALINÓN.	¿Si es la justicia, señor?
D. JUAN.	Sea, no tengas temor.

Vuelve el CRIADO, *huyendo*

	¿Quién es? ¿De qué estás temblando?
CATALINÓN.	De algún mal da testimonio.
D. JUAN.	Mal mi cólera resisto. 2325 Habla, responde, ¿qué has visto?

2315   *razón:* hacer la razón es 'beber correspondiendo al brindis o invitación de otro'.

2316   *camino:* parece camino, porque en los viajes los criados podían comer junto a los señores y tener otras familiaridades poco corrientes en la vida ordinaria.

¿Asombróte algún demonio?
Ve tú, y mira aquella puerta.
¡Presto, acaba!

CATALINÓN.   ¿Yo?
D. JUAN.   Tú, pues.
Acaba, menea los pies.   2330
CATALINÓN.   A mi agüela hallaron muerta
como racimo colgada,
y desde entonces se suena
que anda siempre su alma en pena.
Tanto golpe no me agrada.   2335
D. JUAN.   Acaba.
CATALINÓN.   Señor, si sabes
que soy un Catalinón...
D. JUAN.   Acaba.
CATALINÓN.   ¡Fuerte ocasión!
DON JUAN.   ¿No vas?
CATALINÓN.   ¿Quién tiene las llaves
de la puerta?
[CRIADO] 2.º   Con la aldaba   2340
está cerrada no más.
D. JUAN.   ¿Qué tienes? ¿Por qué no vas?
CATALINÓN.   Hoy Catalinón acaba.
¿Mas si las forzadas vienen
a vengarse de los dos?   2345

Llega CATALINÓN *a la puerta, y viene corriendo;
cae y levántase*

D. JUAN.   ¿Qué es eso?
CATALINÓN.   ¡Válgame Dios!
¡Que me matan, que me tienen!
D. JUAN.   ¿Quién te tiene, quién te mata?
¿Qué has visto?

---

²³²⁷ *asombrar:* asustar, aterrorizar.

CATALINÓN.   Señor, yo allí
    vide cuando... luego fui...   2350
    ¿Quien me ase, quién me arrebata?
      Llegué, cuando después ciego,
    cuando vile, ¡juro a Dios!...
    Habló y dijo, «¿Quién sois vos?»...
    respondió... respondí luego...   2355
      topé y vide...
D. JUAN.   ¿A quién?
CATALINÓN.   No sé.
D. JUAN.   ¡Cómo el vino desatina!
    Dame la vela, gallina,
    y yo a quién llama veré.

Toma D. JUAN *la vela y llega a la puerta. Sale al
encuentro* D. GONZALO, *en la forma que estaba en el
sepulcro, y* D. JUAN *se retira atrás turbado, empuñando
la espada, y en la otra la vela, y* D. GONZALO *hacia él,
con pasos menudos, y al compás* D. JUAN, *retirándose
hasta estar en medio del teatro*

D. JUAN.   ¿Quién va?
D. GONZALO.   Yo soy.
D. JUAN.   ¿Quién sois vos?   2360
D. GONZALO. Soy el caballero honrado
    que a cenar has convidado.
D. JUAN.   Cena habrá para los dos,
      y si vienen más contigo,
    para todos cena habrá.   2365
    Ya puesta la mesa está.
    Siéntate.
CATALINÓN.   ¡Dios sea conmigo!
    ¡San Panuncio, San Antón!
    Pues, ¿los muertos comen? Di.
    Por señas dice que sí.   2370
D. JUAN.   Siéntate, Catalinón.

CATALINÓN.	No, señor; yo lo recibo
	por cenado.
D. JUAN.	Es desconcierto.

¡Qué temor tienes a un muerto!
¿Qué hicieras estando vivo?   2375
¡Necio y villano temor!

CATALINÓN.   Cena con tu convidado;
que yo, señor, ya he cenado.

D. JUAN.   ¿He de enojarme?

CATALINÓN.   Señor,
¡vive Dios, que güelo mal!   2380

D. JUAN.   Llega; que aguardando estoy.

CATALINÓN.   Yo pienso que muerto soy,
y está muerto mi arrabal.

Tiemblan los CRIADOS

D. JUAN.   Y vosotros, ¿qué decís?
¿Qué hacéis? ¡Necio temblar!   2385

CATALINÓN.   Nunca quisiera cenar
con gente de otro país.
¿Yo, señor, con convidado
de piedra?

D. JUAN.   ¡Necio temer!
Si es piedra, ¿qué te ha de hacer?   2390

CATALINÓN.   Dejarme descalabrado.

D. JUAN.   Háblale con cortesía.

CATALINÓN.   ¿Está bueno? ¿Es buena tierra
la otra vida? ¿Es llano o sierra?
¿Prémiase allá la poesía?   2395

CRIADO 1.º   A todo dice que sí,
con la cabeza.

CATALINÓN.   ¿Hay allá

2380   *güelo mal:* efectos del susto. Chiste escatológico típico del gracioso.
2383   *arrabal:* trasero; dice que está muerto porque huele como un cadáver corrompido.

	muchas tabernas? Sí habrá,	
	si Noé reside allí.	
D. JUAN.	¡Hola! Dadnos de cenar.	2400
CATALINÓN.	Señor muerto, ¿allá se bebe	
	con nieve? *Baja la cabeza*	
	Así, que hay nieve.	
	¡Buen país!	
D. JUAN.	Si oír cantar	
	queréis, cantarán. *Baja la cabeza*	
CRIADO 2.º	Sí, dijo.	
D. JUAN.	Cantad.	
CATALINÓN.	Tiene el seor muerto	2405
	buen gusto.	
CRIADO 1.º	Es noble, por cierto,	
	y amigo de regocijo.	

(Cantan dentro.) *Si de mi amor aguardáis,*
señora, de aquesta suerte
el galardón en la muerte, 2410
¡qué largo me lo fiáis!

CATALINÓN.	O es sin duda veraniego	
	el seor muerto, o debe ser	
	hombre de poco comer.	
	Temblando al plato me llego.	2415
	Poco beben por allá; *(Bebe)*	
	yo beberé por los dos.	
	Brindis de piedra ¡por Dios!	
	Menos temor tengo ya.	

(Cantan.)   *Si ese plazo me convida* 2420
para que gozaros pueda,
pues larga vida me queda,
dejad que pase la vida.

[2399] *Noé:* se le considera vulgarmente como el inventor del vino (Génesis, 9, 20-21).
[2402] *nieve:* se refresca el vino con nieve.
[2405] *seor:* forma avulgarada de «señor».
[2412] *veraniego:* en verano se come poco porque el calor quita apetito.

> *Si de mi amor aguardáis,*
> *señora, de aquesta suerte*   2425
> *el galardón en la muerte,*
> *¡qué largo me lo fiáis!*

CATALINÓN.   ¿Con cuál de tantas mujeres
como has burlado, señor,
hablan?

D. JUAN.   De todas me río,   2430
amigo, en esta ocasión.
En Nápoles a Isabela...

CATALINÓN.   Esa, señor, ya no es hoy
burlada, porque se casa
contigo, como es razón.   2435
Burlaste a la pescadora
que del mar te redimió,
pagándole el hospedaje
en moneda de rigor.
Burlaste a doña Ana...

D. JUAN.   Calla;   2440
que hay parte aquí que lastó
por ella, y vengarse aguarda.

CATALINÓN.   Hombre es de mucho valor;
qué el es piedra, tú eres carne.
No es buena resolución.   2445

Hace señas que se quite la mesa y queden solos

D. JUAN.   ¡Hola! Quitad esa mesa;
que hace señas que los dos
nos quedemos, y se vayan
los demás.

CATALINÓN.   ¡Malo, por Dios!
No te quedes, porque hay muerto   2450

2441   *lastar:* pagar, hacer el gasto, sufrir un daño por causa de otro.

que mata de un mojicón
a un gigante.

D. JUAN. Salíos todos.
¡A ser yo Catalinón..!
Vete, que viene.

*Vanse, y quedan los dos solos, y hace señas que cierre
la puerta*

La puerta
ya está cerrada. Ya estoy   2455
aguardando. Di, ¿qué quieres,
sombra o fantasma o visión?
Si andas en pena, o si aguardas
alguna satisfación
para tu remedio, dilo;
que mi palabra te doy
de hacer lo que ordenares.
¿Estás gozando de Dios?
¿Dite la muerte en pecado?
Habla, que suspenso estoy.   2465

Paso, como cosa del otro mundo

D. GONZALO. ¿Cumplirásme una palabra
como caballero?

D. JUAN. Honor
tengo, y las palabras cumplo,
porque caballero soy.

D. GONZALO. Dame esa mano; no temas.   2470

D. JUAN. ¿Eso dices? ¿Yo, temor?
Si fueras el mismo infierno,
la mano te diera yo. *Dale la mano*

2451 *mojicón:* golpe, bofetada, puñetazo.
2465 Acotación *paso* 'en voz baja'.

D. GONZALO.	Bajo esta palabra y mano
	mañana a las diez estoy 2475
	para cenar aguardando.
	¿Irás?
D. JUAN.	Empresa mayor
	entendí que me pedías.
	Mañana tu güésped soy.
	¿Dónde he de ir?
D. GONZALO.	A mi capilla. 2480
D. JUAN.	¿Iré solo?
D. GONZALO.	No, los dos;
	y cúmpleme la palabra
	como la he cumplido yo.
D. JUAN.	Digo que la cumpliré;
	que soy Tenorio.
D. GONZALO.	Yo soy 2485
	Ulloa.
D. JUAN.	Yo iré sin falta.
D. GONZALO.	Yo lo creo. Adiós. *(Va a la puerta.)*
D. JUAN.	Adiós.
	Aguarda, iréte alumbrando.
D. GONZALO.	No alumbres, que en gracia estoy.

*Vase muy poco a poco, mirando a D. JUAN, y
D. JUAN a él, hasta que desaparece, y queda D. JUAN
con pavor*

D. JUAN.	¡Válgame Dios! Todo el cuerpo 2490
	se ha bañado de un sudor,
	y dentro de las entrañas
	se me yela el corazón.
	Cuando me tomó la mano,
	de suerte me la apretó,
	que un infierno parecía;
	jamás vide tal calor.
	Un aliento respiraba,
	organizando la voz,

tan frío, que parecía   2500
infernal respiración.
Pero todas son ideas
que da a la imaginación;
el temor, y temer muertos
es más villano temor;   2505
que si un cuerpo noble, vivo,
con potencias y razón
y con alma no se teme,
¿quién cuerpos muertos temió?
Mañana iré a la capilla   2510
donde convidado soy,
porque se admire y espante
Sevilla de mi valor. *(Vase.)*

Sale EL REY, *y* D. DIEGO TENORIO, *y* ACOMPAÑA-
MIENTO

REY.   ¿Llegó al fin Isabela?
D. DIEGO.   Y disgustada.
REY.   Pues, ¿no ha tomado bien el casamiento?   2515
D. DIEGO.   Siente, señor, el nombre de infamada.
REY.   De otra causa procede su tormento.
              ¿Dónde está?
D. DIEGO.   En el convento está alojada
              de las Descalzas.
REY.   Salga del convento
              luego al punto; que quiero que en palacio 2520
              asista con la reina más de espacio.
D. DIEGO.   Si ha de ser con don Juan el desposorio,
              manda, señor, que tu presencia vea.
REY.   Véame, y galán salga; que notorio
              quiero que este placer al mundo sea.   2525
              Conde será desde hoy don Juan Tenorio

                    de Lebrija; él la mande y la posea;
                    que si Isabela a un duque corresponde,
                    ya que ha perdido un duque, gane un
                                                    [conde.

D. DIEGO.   Todos por la merced tus pies besamos.   2530
REY.   Merecéis mi favor tan dignamente,
            que si aquí los servicios ponderamos,
            me quedo atrás con el favor presente.
            Paréceme, don Diego, que hoy hagamos
            las bodas de doña Ana juntamente.   2535
D. DIEGO.   ¿Con Otavio?
REY.   No es bien que el duque Oc-
                                                    [tavio
            sea el restaurador de aqueste agravio.
            Doña Ana con la reina me ha pedido
            que perdone al marqués, porque doña Ana,
            ya que el padre murió, quiere marido;   2540
            porque si le perdió, con él le gana.
            Iréis con poca gente y sin ruido
            luego a hablalle a la fuerza de Triana;
            por su satisfacción y por su abono
            de su agraviada prima, le perdono.   2545
D. DIEGO.   Ya he visto lo que tanto deseaba.
REY.   Que esta noche han de ser, podéis decille,
            los desposorios.
D. DIEGO.   Todo en bien se acaba.
            Fácil será al marqués el persuadille;
            que de su prima amartelado estaba.   2550
REY.   También podéis a Octavio prevenille.
            Desdichado es el duque con mujeres;
            son todas opinión y pareceres.

            ──────────

    2550   *amartelado:* enamorado.

	Hanme dicho que está muy enojado	
	con don Juan.	
D. DIEGO.	No me espanto, si ha sabido	2555
	de don Juan el delito averiguado,	
	que la causa de tanto daño ha sido.	
	El duque viene.	
REY.	No dejéis mi lado;	
	que en el delito sois comprehendido.	

Sale el duque OCTAVIO

OCTAVIO.	Los pies, invicto rey, me dé tu alteza.	2560
REY.	Alzad, duque, y cubrid vuestra cabeza.	
	¿Qué pedís?	
OCTAVIO.	Vengo a pediros,	
	postrado ante vuestras plantas,	
	una merced, cosa justa,	
	digna de serme otorgada.	2565
REY.	Duque, como justa sea,	
	digo que os doy mi palabra	
	de otorgárosla. Pedid.	
OCTAVIO.	Ya sabes, señor, por cartas	
	de tu embajador, y el mundo	2570
	por la lengua de la fama	
	sabe, que don Juan Tenorio,	
	con española arrogancia,	
	en Nápoles una noche,	
	para mí noche tan mala,	2575
	con mi nombre profanó	
	el sagrado de una dama.	
REY.	No pases más adelante.	
	Ya supe vuestra desgracia.	
	En efeto, ¿qué pedís?	2580
OCTAVIO.	Licencia que en la campaña	
	defienda cómo es traidor.	

D. DIEGO.	¡Eso no! Su sangre clara
	es tan horada...
REY.	¡Don Diego!
D. DIEGO.	Señor.
OCTAVIO.	¿Quién eres que hablas 2585
	en la presencia del rey
	de esa suerte?
D. DIEGO.	Soy quien calla
	porque me lo manda el rey;
	que si no, con esta espada
	te respondiera.
OCTAVIO.	Eres viejo. 2590
D. DIEGO.	Ya he sido mozo en Italia,
	a vuestro pesar, un tiempo;
	ya conocieron mi espada
	en Nápoles y en Milán.
OCTAVIO.	Tienes ya la sangre helada. 2595
	No vale «Fui», sino «Soy».
D. DIEGO.	Pues fui y soy. *(Empuña.)*
REY.	Tened, basta;
	bueno está. Callad don Diego;
	que a mi persona se guarda
	poco respeto. Y vos, duque, 2600
	después que las bodas se hagan,
	más de espacio hablaréis.
	Gentilhombre de mi cámara
	es don Juan, y hechura mía,
	y de aqueste tronco rama. 2605
	Mirad por él.
OCTAVIO.	Yo lo haré,
	gran señor, como lo mandas.
REY.	Venid conmigo, don Diego.
D. DIEGO.	(¡Ay, hijo, qué mal me pagas
	el amor que te he tenido!) 2610
REY.	Duque...
OCTAVIO.	Gran señor...
REY.	Mañana

| | vuestras bodas se han de hacer. |
| OCTAVIO. | Háganse, pues tú lo mandas. |

Vase el REY, *y* D. DIEGO, *y sale* GASENO *y* AMINTA

GASENO.	Este señor nos dirá
	dónde está don Juan Tenorio.	2615
	Señor, ¿si está por acá
	un don Juan a quien notorio
	ya su apellido será?
OCTAVIO.	Don Juan Tenorio diréis.
AMINTA.	Sí, señor; ese don Juan.	2620
OCTAVIO.	Aquí está. ¿Qué le queréis?
AMINTA.	Es mi esposo ese galán.
OCTAVIO.	¿Cómo?
AMINTA.	Pues, ¿no lo sabéis,
	siendo del Alcázar vos?
OCTAVIO.	No me ha dicho don Juan nada.	2625
GASENO.	¿Es posible?
OCTAVIO.	Sí, por Dios.
GASENO.	Doña Aminta es muy honrada,
	cuando se casen los dos,
	que cristiana vieja es
	hasta los güesos, y tiene	2630
	de la hacienda el interés,
	....
	más bien que un conde, un marqués.
	Casóse don Juan con ella,
	y quitósela a Batricio.
AMINTA.	Decid como fue doncella	2635
	a su poder.
GASENO.	No es juicio
	esto, ni aquesta querella.

[2629] *cristiana vieja*: sin mezcla de moros o judíos en su familia.

OCTAVIO.	[*Ap.*] (Esta es burla de don Juan,
	y para venganza mía
	éstos diciéndola están.)
	¿Qué pedís, al fin? 2640
GASENO.	Querría,
	porque los días se van,
	que se hiciese el casamiento,
	o querellarme ante el rey.
OCTAVIO.	Digo que es justo ese intento. 2645
GASENO.	Y razón y justa ley.
OCTAVIO.	[*Ap.*] (Medida a mi pensamiento
	ha venido la ocasión.)
	En el Alcázar tenemos
	bodas.
AMINTA.	¿Si las mías son? 2650
OCTAVIO.	Quiero, para que acertemos,
	valerme de una invención.
	Venid donde os vestiréis,
	señora, a lo cortesano,
	y a un cuarto del rey saldréis 2655
	conmigo.
AMINTA.	Vos de la mano
	a don Juan me llevaréis.
OCTAVIO.	Que desta suerte es cautela.
GASENO.	El arbitrio me consuela.
OCTAVIO.	[*Ap.*] (Estos venganza me dan 2660
	de aqueste traidor don Juan
	y el agravio de Isabela.) (*Vanse.*)

Sale D. JUAN *y* CATALINÓN

CATALINÓN.	¿Cómo el rey te recibió?
D. JUAN.	Con más amor que mi padre.
CATALINÓN.	¿Viste a Isabela?
D. JUAN.	También. 2665

CATALINÓN.	¿Cómo viene?
D. JUAN.	Como un ángel.
CATALINÓN.	¿Recibióte bien?
D. JUAN.	El rostro

bañado de leche y sangre,
como la rosa que al alba
revienta la verde cárcel.   2670

CATALINÓN.	Al fin, ¿esta noche son

las bodas?

D. JUAN.	Sin falta.
CATALINÓN.	Si antes

hubieran sido, no hubieras,
engañado a tantas antes,
pero tú tomas esposa,   2675
señor, con cargas muy grandes.

D. JUAN.	Di, ¿comienzas a ser necio?
CATALINÓN.	Y podrás muy bien casarte

mañana; que hoy es mal día.

D. JUAN.	Pues, ¿qué día es hoy?
CATALINÓN.	Es martes. 2680
D. JUAN.	Mil embusteros y locos

dan en esos disparates.
Sólo aquél llamo mal día,
acïago y detestable,
en que no tengo dineros;   2685
que lo demás es donaire.

CATALINÓN.	Vamos, si te has de vestir;

que te aguardan, y ya es tarde.

D. JUAN.	Otro negocio tenemos

que hacer, aunque nos aguarden.   2690

CATALINÓN.	¿Cuál es?
D. JUAN.	Cenar con el muerto.
CATALINÓN.	¡Necedad de necedades!
D. JUAN.	¿No ves que di mi palabra?
CATALINÓN.	Y cuando se la quebrantes,

[2680] *martes:* se consideraba día aciago. Todavía se usa el refrán «En martes ni te cases ni te embarques».

	¿qué importa? ¿Ha de pedirte	2695
	una figura de jaspe	
	la palabra?	

D. JUAN.   la palabra?Podrá el muerto
llamarme a voces infame.

CATALINÓN.   Ya está cerrada la iglesia.

D. JUAN.   Llama.

CATALINÓN.   ¿Qué importa que llame?   2700
¿Quién tiene de abrir?, que están
durmiendo los sacristanes.

D. JUAN.   Llama a ese postigo.

CATALINÓN.   Abierto
está.

D. JUAN.   Pues entra.

CATALINÓN.   Entre un fraile
con su hisopo y estola.   2705

D. JUAN.   Sígueme y calla.

CATALINÓN.   ¿Que calle?

D. JUAN.   Sí.

CATALINÓN.   Ya callo. Dios en paz
destos convites me saque.
¡Qué escura que está la iglesia,

Entran por una puerta y salen por otra

señor, para ser tan grande!   2710
¡Ay de mí! ¡Tenme, señor,
porque de la capa me asen!

Sale D. GONZALO *como de antes, y encuéntrase
con ellos*

D. JUAN.   ¿Quién va?

D. GONZALO.   Yo soy.

CATALINÓN.   ¡Muerto estoy!

D. GONZALO.   El muerto soy; no te espantes.
No entendí que me cumplieras   2715
la palabra, según haces
de todos burla.

DON JUAN.	¿Me tienes en opinión de cobarde?
D. GONZALO.	Sí; que aquella noche huiste de mí cuando me mataste.
D. JUAN.	Huí de ser conocido; mas ya me tienes delante. Di presto lo que me quieres.
D. GONZALO.	Quiero a cenar convidarte.
CATALINÓN.	Aquí excusamos la cena; que toda ha de ser fiambre, pues no parece cocina.

....

D. JUAN.	Cenemos.
D. GONZALO.	Para cenar es menester que levantes esa tumba.
D. JUAN.	Y si te importa, levantaré esos pilares.
D. GONZALO.	Valiente estás.
D. JUAN.	Tengo brío y corazón en las carnes.
CATALINÓN.	Mesa de Guinea es ésta. Pues, ¿no hay por allá quien lave?
D. GONZALO.	Siéntate.
D. JUAN.	¿Adónde?
CATALINÓN.	Con sillas vienen ya dos negros pajes.

Entran dos enlutados con dos sillas

	¿También acá se usan lutos y bayeticas de Flandes?
D. GONZALO.	Siéntate tú.

2720
2725
2730
2735

[2734] *de Guinea:* negra, por alusión a los negros que los portugueses traían de Guinea.
[2739] *bayeta:* una especie de tela negra que se usaba para lutos; en Flandes se fabricaban muchos tejidos.

CATALINÓN.	Yo, señor, 2740
	he merendado esta tarde.
D. GONZALO.	No repliques.
CATALINÓN.	No replico.
	(¡Dios en paz desto me saque!)
	¿Qué plato es éste, señor?
D. GONZALO.	Este plato es de alacranes 2745
	y víboras.
CATALINÓN.	¡Gentil plato!
D. GONZALO.	Estos son nuestros manjares.
	¿No comes tú?
D. JUAN.	Comeré,
	si me dieses áspid y áspides
	cuantos el infierno tiene. 2750
D. GONZALO.	También quiero que te canten.
CATALINÓN.	¿Qué vino beben acá?
D. GONZALO.	Pruébalo.
CATALINÓN.	Hiel y vinagre
	es este vino.
D. GONZALO.	Este vino
	exprimen nuestros lagares. 2755
(Cantan.)	*Adviertan los que de Dios*
	juzgan los castigos grandes,
	que no hay plazo que no llegue
	ni deuda que no se pague.
CATALINÓN.	¡Malo es esto, vive Cristo!, 2760
	que he entendido este romance,
	y que con nosotros habla.
D. JUAN.	Un yelo el pecho me parte.
(Cantan.)	*Mientras en el mundo viva,*
	no es justo que diga nadie, 2765
	«¡Qué largo me lo fiáis!»,
	siendo tan breve el cobrarse.
CATALINÓN.	¿De qué es este guisadillo?
D. GONZALO.	De uñas.

CATALINÓN.	De uñas de sastre
	será, si es guisado de uñas.
D. JUAN.	Ya he cenado; haz que levanten
	la mesa.
D. GONZALO.	Dame esa mano;
	no temas, la mano dame.
D. JUAN.	¿Eso dices? ¿Yo temor?
	¡Que me abraso! ¡No me abrases
	con tu fuego!
D. GONZALO.	Este es poco
	para el fuego que buscaste.
	Las maravillas de Dios
	son, don Juan, investigables,
	y así quiere que tus culpas
	a manos de un muerto pagues;
	y si pagas desta suerte,
	....
	ésta es justicia de Dios:
	«Quien tal hace, que tal pague.»
D. JUAN.	¡Que me abraso! ¡No me aprietes!
	Con la daga he de matarte.
	Mas ¡ay! que me canso en vano
	de tirar golpes al aire.
	A tu hija no ofendí,
	que vio mis engaños antes.
D. GONZALO.	No importa, que ya pusiste
	tu intento.
D. JUAN.	Deja que llame
	quien me confiese y absuelva.
D. GONZALO.	No hay lugar; ya acuerdas tarde.
D. JUAN.	¡Que me quemo! ¡Que me abraso!
	¡Muerto soy! *(Cae muerto.)*
CATALINÓN.	No hay quien se escape;

2770

2775

2780

2785

2790

2795

2769-2770 Alude a la fama de ladrones de los sastres (la uña es el símbolo del robo).

2779 *investigables:* 'que no se pueden investigar'. A. Castro aduce otros testimonios de este mismo sentido.

que aquí tengo de morir
también por acompañarte.

D. GONZALO. Esta es justicia de Dios:
«Quien tal hace, que tal pague.»   2800

Húndese el sepulcro con D. JUAN *y* D. GONZALO,
con mucho ruido, y sale CATALINÓN *arrastrando*

CATALINÓN. ¡Válgame Dios! ¿Qué es aquesto?
Toda la capilla se arde,
y con el muerto he quedado
para que le vele y guarde.
Arrastrando como pueda,   2805
iré a avisar a su padre.
¡San Jorge, San *Agnus Dei*,
sacadme en paz a la calle! *(Vase.)*

Sale EL REY, D. DIEGO *y* ACOMPAÑAMIENTO

D. DIEGO.   Ya el marqués, señor, espera
besar vuestros pies reales.   2810

REY.   Entre luego, y avisad
al conde, porque no aguarde.

Sale BATRICIO *y* GASENO

BATRICIO.   ¿Dónde, señor, se permiten
desenvolturas tan grandes,
que tus criados afrenten   2815
a los hombres miserables?

REY.   ¿Qué dices?

BATRICIO.   Don Juan Tenorio,
alevoso y detestable,
la noche del casamiento,
antes que le consumase,   2820
a mi mujer me quitó;
testigos tengo delante.

Sale TISBEA, *y* ISABELA, *y* ACOMPAÑAMIENTO

TISBEA.	Si vuestra alteza, señor,
	de don Juan Tenorio no hace,
	justicia, a Dios y a los hombres, 2825
	mientras viva, he de quejarme.
	Derrotado le echó el mar;
	dile vida y hospedaje,
	y pagóme esta amistad
	con mentirme y engañarme 2830
	con nombre de mi marido.
REY.	¿Qué dices?
ISABELA.	Dice verdades.

Sale AMINTA *y* EL DUQUE OCTAVIO

AMINTA.	¿Adónde mi esposo está?
REY.	¿Quién es?
AMINTA.	Pues, ¿aún no lo sabe?
	El señor don Juan Tenorio, 2835
	con quien vengo a desposarme,
	porque me debe el honor,
	y es noble y no ha de negarme.
	Manda que nos desposemos.

....

Sale EL MARQUÉS DE LA MOTA

MOTA.	Pues es tiempo, gran señor, 2840
	que a luz verdades se saquen,
	sabrás que don Juan Tenorio
	la culpa que me imputaste
	tuvo él, pues como amigo,
	pudo el cruel engañarme; 2845
	de que tengo dos testigos.

REY.	¿Hay desvergüenza tan grande?
	Prendelde y matalde luego.
	....
D. DIEGO.	En premio de mis servicios
	haz que le prendan y pague 2850
	sus culpas, porque del cielo
	rayos contra mí no bajen,
	si es mi hijo tan malo.
REY.	¡Esto mis privados hacen!

Sale CATALINÓN

CATALINÓN.	Escuchad, oíd, señores, 2855
	el suceso más notable
	que en el mundo ha sucedido,
	y en oyéndome, matadme.
	Don Juan, del Comendador
	haciendo burla, una tarde, 2860
	después de haberle quitado
	las dos prendas que más valen,
	tirando al bulto de piedra
	la barba por ultrajarle,
	a cenar le convidó. 2865
	¡Nunca fuera a convidarle!
	Fue el bulto, y convidóle;
	y agora, porque no os canse,
	acabando de cenar,
	entre mil presagios graves, 2870
	de la mano le tomó,
	y le aprieta hasta quitalle
	la vida, diciendo: «Dios
	me manda que así te mate,
	castigando tus delitos. 2875
	Quien tal hace, que tal pague.»
REY.	¿Qué dices?
CATALINÓN.	Lo que es verdad,
	diciendo antes que acabase

	que a doña Ana no debía
	honor, que lo oyeron antes 2880
	del engaño.
MOTA.	Por las nuevas
	mil albricias pienso darte.
REY.	¡Justo castigo del cielo!
	Y agora es bien que se casen
	todos, pues la causa es muerta, 2885
	vida de tantos desastres.
OCTAVIO.	Pues ha enviudado Isabela,
	quiero con ella casarme.
MOTA.	Yo con mi prima.
BATRICIO.	Y nosotros
	con las nuestras, porque acabe 2890
	El Convidado de piedra.
REY.	Y el sepulcro se traslade
	en San Francisco en Madrid,
	para memoria más grande.

COLECCIÓN AUSTRAL

Serie azul: Narrativa
Serie roja: Teatro
Serie amarilla: Poesía
Serie verde: Ciencias/Humanidades

ÚLTIMOS TÍTULOS PUBLICADOS